In de brugklas

Caja Cazemier, Karel Eykman
& Martine Letterie

In de brugklas

Uitgeverij Ploegsma Amsterdam

De verhalen over Isa zijn geschreven door Caja Cazemier, de verhalen over Vera door Karel Eykman en die over Jesse door Martine Letterie.

Kijk ook op www.ploegsma.nl

ISBN 90 216 1610 6

© Tekst: Caja Cazemier, Karel Eykman en Martine Letterie 2006
© Omslagillustratie: Alice Hoogstad 2006
Omslagontwerp: Steef Liefting
© Deze uitgave: Uitgeverij Ploegsma bv, Amsterdam 2006

Inhoud

Max Havelaar, tot volgend jaar!

Jesse werd wakker met een schok. Er was iets leuks vandaag, iets feestelijks. Was hij jarig? Nee, dat was het niet. Vanmiddag na school was de kennismakingsmiddag op het Max Havelaar. Vandaag zou hij de klas zien die volgend jaar zijn leven zou bepalen. Hij voelde een golf van zenuwen door zijn lijf gaan en alles tintelde. Het was een fijne golf. Hij vond het heerlijk dat zijn leven ging veranderen. Hij was er klaar voor.

Het was nu juni en hij was zijn oude klas en meester John en juf Sandra helemaal zat. Gek was dat. Aan het begin van het jaar had hij er nog niet aan moeten denken, afscheid nemen. En nu kon het hem allemaal niet snel genoeg gaan.

Met een sprong stond hij naast zijn bed en hij denderde naar beneden. Als hij snel was, kon hij nog voor mam onder de douche.

Die stak glimlachend haar hoofd om de hoek van haar slaapkamer. 'Nou zeg! Je bent er klaar voor, vanmorgen!'

Hij lachte naar haar en griste zijn handdoek van het rek.

'En ik ben lekker eerder dan jij.'

De morgen duurde eindeloos lang. Meester John vond het ineens hoognodig om de werkwoordspelling te herhalen. 'Als je op de middelbare school zit, mag je dit soort fouten niet maken,' zei hij steeds. En Jesse droomde weg bij de heerlijke zomerlucht die het lokaal binnenstroomde.

Eindelijk was het zover: kwart over twaalf en de school ging uit. Het was stralend weer en de zon schitterde in de ramen van de lokalen. Op het schoolplein verzamelden alle achtstegroepers zich. Ook de kinderen die naar het IJsselstein College of het Waterland gingen, hadden vanmiddag kennismakingsmiddag. Als vanzelf gingen de verschillende scholen bij elkaar staan.

Er heerste een opgewonden stemming. Iedereen praatte door elkaar heen. Sommige kinderen lieten elkaar hun nieuwe etui zien, dat ze speciaal voor vandaag hadden meegenomen. Jesse baande zich met zijn fiets een weg naar Kees. Natuurlijk zouden ze samen fietsen. Uit zijn ooghoek zag hij dat lange Lisa en kleine Isa elkaar al hadden gevonden. Net als Kees en hij waren die twee al jaren dik met elkaar. Even schoot het door Jesse heen: zou hun vriendschap het houden volgend jaar als ze niet meer in één klas zaten? Onmiddellijk schudde hij de gedachte van zich af. Natuurlijk! Een vriendschap vanaf groep één, die kon niet meer kapot.

Kees hing over zijn stuur en nam een hap van zijn boterham. Volgend jaar zou het ook zo gaan, bedacht Jesse. Met elkaar brood eten en niet meer thuis.

'Zullen we gaan?' riep Kees zodra hij hem zag.

Jesse liet zijn blik over de groep glijden. Zo te zien was iedereen er. Hij knikte.

'We gaan!' Kees liet zijn stem expres galmen.

'We gaan!' echode lange Lisa en de stoet zette zich in beweging.

Natuurlijk fietsten ze vaker met de klas. Naar het zwembad of naar de bibliotheek. Maar nu leken ze wel een stel koeien die in het voorjaar voor het eerst de wei in mochten. Kees steigerde en hield zijn voorwiel in de lucht, Lisa en Isa fietsten met losse handen en Jesse reed op zijn trappers staand de hele groep voorbij.

'Max Havelaar, here we come!' riep hij.

Die anderen belden zo hard ze konden met hun fietsbel.

Toen ze eenmaal de stad bereikten, werden ze wat kalmer. Gedwee reden ze nu twee aan twee.

In een mum van tijd stonden ze voor de grote witte muren van het Max Havelaar College. Wat voelde Jesse zich ineens klein. Hoe zou het gaan bij het binnenkomen? Zouden ze de weg wel kunnen vinden? Buiten stond een stel jongens te roken. Die zaten zeker al in de vijfde of de zesde. Ze leken meer op volwassenen dan op kinderen. Zou hij daar over een paar jaar ook staan? Jesse kon het zich niet voorstellen. In ieder geval zou hij niet gaan roken!

Ze waren veel te vroeg. Hun fietsen zetten ze tegen een hek tegenover de school. De meesten van hen zochten een plek op de stoeprand. Intussen kwamen er groepen kinderen aanfietsen van andere basisscholen. Allemaal te vroeg, allemaal zenuwachtig net als zij.

Jesse viste een geplette boterham uit het zakje in zijn jaszak. Zwijgend at hij hem op. In zijn andere zak zat een pakje sap. Niet zo kinderachtig als een beker, tenminste. Dat had hij al wel tegen mam gezegd, dat hij volgend jaar geen beker meer mee naar school wilde. Dat had niemand op de middelbare school, dat wist hij zeker.

Kees had wel een beker bij zich. Het leek net alsof hij veel sneller dronk dan anders. Heel snel verdween zijn beker weer in zijn tas en toen keek hij om zich heen of niemand het gezien had. Jesse wiebelde met zijn wenkbrauwen en liet zijn pakje zien. Kees knikte. Zo te zien vond hij dat een goed idee.

Tien minuten voordat het tijd was, kwam er een meester naar buiten. Pardon, dat heet een leraar! dacht Jesse.

'Jullie mogen je fiets in het rek achter de school zetten,' zei de man vriendelijk. Hij was niet al te groot en had kort donkerblond haar. Op zijn lip prijkte een snorretje dat iets donkerder was.

'Volgend jaar is dat verplicht. Dan kun je er vast aan wennen. Loop maar om, dan wacht ik op jullie bij de achterdeur.'

Dicht bij elkaar dromde het groepje van de Woutertje Pieterse naar het hek dat de leraar hun gewezen had. Fijn dat ze samen waren, vond Jesse ineens. De andere groepen bleven ook als kluitjes bij elkaar.

Zoveel lawaai als de Woutertje Pieterseleerlingen daarstraks gemaakt hadden, zo stil waren ze nu. Als makke schapen liepen ze naar de achterdeur waar dezelfde leraar hen opwachtte.

'Ik ben Van Dijk, de coördinator van de brugklassen,' legde hij uit. 'Met mij zullen jullie volgend schooljaar veel te maken hebben. Ik zal je nu bij je mentor van volgend jaar brengen. Als het goed is, stond je klas vermeld in de brief die je gekregen hebt.' Jesse knikte, net als de anderen.

'Daar staan de mentoren en ze dragen een bordje waarop hun klas staat. Zo weet je bij welke mentor je hoort.'

Kees en Jesse keken elkaar aan. Hier zouden hun wegen scheiden.

'Veel plezier,' zei Jesse flink.

'Zullen we op elkaar wachten bij de fietsen?' stelde Kees voor.

Hij keek de groep rond. Zodra dat afgesproken was, verdeelden de Woutertje Pieterseleerlingen zich over de mentoren met de bordjes.

Jesse liep samen met Lisa en Vera naar de leraar die het bordje 1b droeg. Er stonden al meer kinderen bij hem. Verlegen namen ze elkaar op. Jesse kreeg het er warm van. Ineens was hij al zijn zekerheid kwijt. Hij voelde zich ongemakkelijk met zijn lange slungelige lijf. Zouden die andere kinderen hem niet raar vinden?

Het wachten duurde gelukkig niet lang. Al Jesses nieuwe klasgenoten waren keurig op tijd. Sommige keken onderzoekend rond, andere staarden verlegen naar hun schoenpunten. Ze vinden het allemaal net zo eng als ik, bedacht Jesse. En meteen voelde hij zich een stuk meer op zijn gemak.

'We gaan,' zei de mentor. 'In mijn lokaal kunnen we rustig kennis met elkaar maken.'

Hij liep voor hen uit een gang in. Zijn lokaal was niet ver. Met een uitnodigend gebaar gooide de man zijn deur open.

'Treed binnen in mijn domein!'

Jesse had geen idee wat een domein was, maar de leraar zou zijn lokaal wel bedoelen.

'Voor deze keer heb ik de tafels in een carré opgesteld. Normaal gesproken staan ze in rijtjes. Zoek een plekje.'

Niemand zei wat en Vera giechelde ineens zenuwachtig. Op dat moment klapte de deur open en kwam er een vrouw binnen met een groot fototoestel om haar nek. Ze had zwartgeverfd haar dat alle kanten op stond. Sommige plukken waren spierwit geverfd. Haar lippen waren knalrood.

'Cruella de Vil,' fluisterde Jesse veel te hard tegen Lisa.

'Zo noemen ze me allemaal,' zei de vrouw opgewekt, terwijl ze Jesse recht aan keek.

'Ik ook,' zei de mentor en ineens was het ijs gebroken. Alle nieuwe klasgenoten begonnen tegelijkertijd te praten.

'Je moet vaker langskomen,' zei hun mentor. 'Zet ze maar meteen op de foto. Zo staan ze er schattig op.'

Cruella klom op de tafel en in de vensterbank. Ze maakte foto's in de vreemdste houdingen en Jesses nieuwe klas lag dubbel van het lachen.

'Straks kom ik terug met afdrukken. Dan kunnen jullie je namen erbij schrijven. Heb je wat om te oefenen in de zomervakantie.'

En weg was ze weer.

Eindelijk stelde de leraar zich voor. Wissel heette hij, en hij gaf Engels. Hij was al jaren brugklasmentor, dus hij kon deze nieuwe klas met gemak door de woelige baren van het nieuwe schooljaar loodsen. Daarvan raakte Jesse die middag steeds meer overtuigd. Ze kregen een rondleiding door de school, een proefles en een heerlijke high tea met taartjes en hapjes, verzorgd door ouderejaars. Toen Jesse aan het eind van de middag met zijn verse klassenfoto weer buiten stond, wist hij zeker dat hij een leuke klas, een aardige mentor en een geweldige school had.

Naast Kees fietste hij de straat uit. Hij keek nog één keer om naar zijn nieuwe school. In een opwelling stak hij zijn hand op. 'Max Havelaar, tot volgend jaar!'

'Yes!' gilde Kees.

Achter het deurtje

'Nee, pap, we hebben de verkeerde plank! Kijk dan, zo komt het deurtje aan de achterkant te zitten!'

Bijna wanhopig wees Isa naar het kastje van haar nieuwe bureau. Nee, corrigeerde ze zichzelf: van wat *misschien* haar nieuwe bureau werd. *Als* het hun lukte hem in elkaar te zetten, had ze straks een nieuw bureau. Of morgen. Of anders overmorgen. En dat terwijl ze zó hadden gepuzzeld en nagedacht. Nu moest de plank weer losgeschroefd worden. Isa keek om zich heen. Overal lagen stukken hout van verschillende afmetingen en op de vensterbank lagen keurig gesorteerde hoopjes schroeven.

Ze pakte een andere plank die even groot was. 'Kijk, deze hadden we moeten hebben. Hier zitten de gaten voor de scharnieren aan deze kant en dát is de goede kant. Zie je wel?'

Isa pakte de schroevendraaier uit haar vaders handen.

'Laat mij maar.' Ze had zo het idee dat haar ruimtelijk inzicht een pietsie groter was dan dat van haar vader. Hij was lief hoor, en het was goed bedoeld van die nieuwe kamer, maar erg handig was hij niet.

Isa keek met een zucht naar de puinhoop om hen heen. Langs de wanden lagen oude kranten uitgespreid en in een hoek van de kamer stonden halflege potten met gele verf, de gebruikte rollers en kwasten ingepakt in folie ernaast. Omdat ze niet direct voor een tweede keer konden gaan verven, had haar vader voorgesteld het nieuwe bureau vast in elkaar te zetten. Dus hadden ze allebei gele vlekken op hun billen omdat ze per ongeluk tegen de pas geverfde muur aan waren gebotst. Nou ja, ze hadden toch oude kleren aan.

Haar vader was met het idee gekomen. Restyling, had hij het genoemd. 'Je gaat nu naar de middelbare school,' had hij plechtig gezegd. 'Dus het wordt tijd voor restyling. Een brugklasser maakt veel huiswerk en zit vaak op zijn kamer. Je moet een nieuwe kamer die past bij je leeftijd. Die ouwe kan echt niet meer.'

Eerst wilde Isa niet. Wat was er mis met haar oude kamer? En er ging al zo veel veranderen! Maar later bedacht ze dat hij misschien inderdaad wel wat kinderachtig was met die bloemetjes. Daar had ze dus niet zelf voor gekozen toen ze klein was, maar ze was er wel aan gewend. En nu moest ze een eigen stijl bedenken. En welke dan?

Maar toen ze met haar ouders naar de meubelboulevard ging, verdwenen haar twijfels als sneeuw voor de zon. Mooie slaapkamers hadden ze. Haar vader had gelijk: ze was groot nu ze naar de brugklas ging en daar hoorde een andere kamer bij, mét een groot bureau. Maar toen kwam het volgende probleem: wat wil ik? Romantisch wit, koel blauw, stoer rood, allemaal kleurtjes, of een kamer met manen en sterren? Alles kon. Ze wist eigenlijk veel beter wat ze niet wilde: roze met oranje.

Uiteindelijk had ze voor hout met geel gekozen en in die combinatie kreeg ze een nieuw bureau en een boekenkast. Verder kozen ze een bureaustoel, een lamp en nog wat kleine dingetjes in geel om haar kamer op te leuken. En er werd besloten om het oude behang te verven.

Isa had de foute plank losgeschroefd en zette de andere op die plek. Dat was beter. Zo kwamen de scharnieren tenminste aan de binnenkant en paste de extra plank ertussen. Nu de scharnieren zelf nog vastschroeven en het deurtje zat! Ja, dat paste uitstekend zo. Trots klapte ze de deur open en dicht en nog eens open en dicht. Klaar!

Ze had altijd gedacht dat haar vader zo veel kon... Isa bleef de schroevendraaier stijf vasthouden.

'Waar is de bouwtekening? Kijk, pap, nu gaan we de andere kant in elkaar zetten, en de laden. Waar zijn die?' Isa keek op de bouwtekening en daarna naar de voorraad planken om hen heen. Zeker van haar zaak wees ze. 'Die moeten we hebben. Pak jij ze even...?'

Twee dagen later was haar nieuwe kamer klaar. Haar bed was het enige wat oud was, maar met een nieuw dekbedovertrek in bijpassende kleuren toch ook een beetje nieuw. Isa keek opgetogen om zich heen. De muren waren mooi geel en ze hadden de kozijnen en de deurpost ook een nieuwe kleur gegeven: oranjerood. Het nieuwe bureau stond te pronken tegen de pas geverfde wand.

Isa ging op de stoel zitten. Het was er zo een die je kon verstellen in hoogte. Ze probeerde alle standen uit en draaide vervolgens in het rond. Haar kamer kwam een paar keer voorbij.

Nu moest hij weer ingericht worden. Isa had al haar spullen in dozen gedaan en die zolang op de gang gezet. Nu sleepte ze ze de drempel over. Een voor een pakte ze de dozen uit. Ze legde haar kleren in de kast, haar boeken in de boekenkast, de cd's een plank lager, haar pennen in een la van het bureau, haar knuffels...

Isa stopte met uitpakken. Haar knuffels. Ze zakte door de knieën en ging op de grond zitten nadenken.

Haar knuffels moesten worden ontslagen. Ze ging naar de brugklas, ze had een nieuwe kamer, daar pasten toch geen knuffels meer bij!

Ze zuchtte en pakte ze een voor een op. Deze beer had ze voor haar verjaardag gekregen toen ze vijf of zes werd. En die rooie van haar oma toen ze naar het ziekenhuis moest voor haar amandelen. Die gekke aap met zijn lange armen en staart kwam uit de Apenheul en had ze van haar eigen zakgeld gekocht. Zo wist ze nog precies van alle knuffels waar ze vandaan kwamen. Ze nam ze allemaal in haar handen en raakte ze even aan, een soort streling, een afscheid. Af en toe aarzelde ze, maar ze wilde niet toegeven. Ze was te groot geworden.

Bij Minnie aarzelde ze wel heel erg. Kon Minnie niet nog even blijven? Alleen Minnie? Háár Minnie, die haar hele leven bij haar was geweest?

Nee, besloot Isa streng, dan zouden de andere maar jaloers worden. Ze moesten allemaal weg.

Dus werd Minnie ook terug in de doos gelegd. Daarna bracht ze, voor ze zich kon bedenken, de doos naar beneden.

'Weet je het zeker?' vroeg haar moeder nadat Isa had uitgelegd waarom de knuffels weg moesten. 'Ik vind niet dat je al te groot bent voor knuffels, hoor.'

'Ja, ik weet het zeker.'

'Nou, zet ze zolang maar in de schuur, dan bedenken we er een nieuw tehuis voor.'

Isa snoof. Kinderachtig zeg! Maar goed, de doos ging naar de schuur.

Daarna zette Isa nog wat laatste prulletjes op hun plaats en klaar was haar nieuwe kamer. Tevreden keek ze in het rond. Heel even had ze het gevoel dat er iets ontbrak, maar dat duwde ze gauw weg. Ze zette een cd op en ging achter haar bureau zitten. Daarna streek ze met haar handen over het nog lege bureaublad. Hier zou ze over een paar dagen zitten werken. Huiswerk maken. Hoe zou dat zijn? Ineens kreeg ze de zenuwen. Zou het veel zijn elke dag? Zou ze het aankunnen? Zou vmbo-t niet toch te zwaar voor haar zijn? Moest ze wel of niet haar best op het huiswerk doen? Want stuud-achtig mocht je niet overkomen, dat was helemaal verkeerd natuurlijk. Lastig hoor, om te weten hoe je je moest gedragen. Wat was hot en wat not? Daar hadden zij en haar beste vriendin Lisa het steeds over, deze laatste dagen voor de brugklas begon.

Isa boog naar links en klapte het deurtje open en dicht en boog daarna naar rechts om alle laden naar voren en terug te schuiven. Daarna haalde ze een kladblok en een pen tevoorschijn en schreef een paar keer haar naam op. Isa Verbruggen. Ze deed dat steeds een beetje anders, alsof ze aan het oefenen was met haar handschrift. Zomaar vanzelf ontstond een mooie handtekening. Tjee, die moest ze bewaren! Die had ze vast ook nodig in haar nieuwe leven.

De eerste nacht in haar nieuwe kamer kon Isa niet slapen. Ze had heel lang naar haar kamer gekeken en nu lag ze in slaaphouding opgerold met haar ogen stijf dicht. Maar slapen lukte niet.

Ze wist best waarom. Dat had niks met de nieuwe kamer te maken. En ook niet met de brugklas die overmorgen begon. Of toch ook weer wel. Ze miste Minnie. Bij al die nieuwe dingen ook nog eens slapen zonder Minnie...

Nee, kom op, ze was nu groot!

Isa draaide zich om. Was het wel een goed moment geweest om haar knuffels te ontslaan? Had ze niet beter kunnen wachten tot... Ja, wat was dan wel een goed moment?

Opnieuw draaide ze zich om, ging toen uit bed om een slokje water te drinken en kroop weer onder haar nieuwe dekbed. Ja, ze was best blij met haar kamer.

Hoe laat was het? Half twaalf al. En al die tijd lag ze te woelen. En te piekeren. Ze hoorde haar ouders naar bed gaan. En toen kon ze nog niet slapen.

Dit was te gek. Vastbesloten stond Isa op. Zachtjes deed ze haar kamerdeur open en liep ze de trap af. Daarna de keuken door en naar de bijkeuken en toen naar de schuur. Daar durfde ze het licht wel aan te doen. Haar blik vloog meteen naar de doos, die nog in de hoek stond waar zij hem vanmiddag had neergezet. Snel maakte ze hem open en met een zucht haalde ze Minnie eruit. Eventjes drukte ze de blauwe beer tegen haar borst. Daarna deed ze de doos weer dicht. Nee, wacht! Kon ze niet meer knuffels redden? Peinzend bleef ze een moment over de doos gebogen staan. Toen nam ze nog zes van haar liefste knuffels mee.

Zachtjes sloop ze weer naar boven. Op haar kamer knipte ze het bedlampje aan en keek besluiteloos rond. Toen viel haar blik op het nieuwe bureau. Links een kastje, rechts de laden. Ze deed het deurtje van het kastje open en zette de vijf knuffels erin. Zo, achter het deurtje waren ze er niet en toch ook weer wel.

Minnie ging mee onder het dekbed. Isa zuchtte nog een keer en liet zich heerlijk wegzakken in slaap.

Het kennismakingskamp

Wat moet je eigenlijk aan als je met alle brugklassers tegelijk naar het 'introductiekamp' van school gaat? Moet je op glitter of moet je op stoer? Moet je trendy of moet je sportief? Ze wist het niet, Vera. En ze had eigenlijk helemaal geen zin in van die opgefokte kennismakingsdagen.

'Dat is toch leuk?' had haar moeder nog gezegd. 'Dan leer je elkaar eens van een andere kant kennen.' Nou, dat hoefde van Vera ook niet. Ze vond het Max Havelaar College zo al moeilijk genoeg.

Ten slotte had ze van alles door elkaar in haar weekendtas geplempt: afgedragen trui, zwart glimmend bloesje, gerafelde spijkerbroek en zelfs het kleine T-shirt waar met grote letters *F*ck you* op stond, dat ze nog nooit gedragen had. Zelf had ze zich maar in haar blauwe trainingspak gestoken, dat kon nooit kwaad.

Haar moeder was nog meegegaan om Vera uit te zwaaien toen ze de bus in ging. Vreselijk vond ze dat, het ging toch niet om een schoolreisje van de Woutertje Pieterse school! Ze ging naar conferentieoord Woudzicht, helemaal bij Zeist, dat was heel wat anders.

Er waren ook andere ouders gekomen om hun kinderen weg te brengen, maar evengoed geneerde Vera zich dood. Zodra ze eenmaal in de bus zat, keek ze recht voor zich uit en ze deed of ze haar moeder buiten niet zag staan.

Eenmaal onderweg begon het meteen al goed. De chagrijnige buschauffeur riep om te beginnen door de intercom dat in zijn wagen geen 'medegebrachte eet- en drinkwaren genuttigd mochten worden', maar de jongens die zo snel mogelijk de achterbank hadden bezet, dachten daar heel anders over.

Dikke Jaap zat er met opscheppertje Dennis en geinponem Jorg, en Jesse met Kees. Jaap haalde om te beginnen een paar zakken paprikachips tevoorschijn. Verstopt achter de stoelleuningen deelde hij er rijkelijk van uit en hij was zo aardig om ook de meisjes vóór hem wat te geven: Vera, Isa, Lisa en Claudia.

Dennis begon met volle mond hardop *Daar staat een páárd in de gang* te zingen, om de stemming erin te houden, zoals hij zei.

En: *Janus, Janus, pak me nog een keer*
Pak me nog een keer!
Janus, Janus, pák me nog een keer
als je 't nou niet doet, dan kán je het niet meer!

Vera vond het vreselijk ordinair.

Voorin zaten mevrouw Prenger, van Frans; meneer Wissel, hun mentor; meneer Berkman, van Nederlands; en meneer Hesbrink, van biologie.

De buschauffeur had zich kennelijk ook geërgerd, want mevrouw Prenger kwam naar achteren en zei: 'Sorry jongens, maar de chauffeur vraagt of het wat zachter kan!'

'Dat vroeg mijn vriendin vannacht ook,' zei Dennis nog.

Intussen begon Isa zachtjes te zingen: *Je mag er alleen maar naar kijken, maar aankomen niet!*

Lisa en Claudia vielen ook in terwijl ze naar de jongens keken. Vera deed ten slotte ook mee. Ze hadden de grootste lol. Zo duurde de tocht naar Woudzicht niet lang.

Dat Woudzicht stelde niet veel voor, vond Vera. Het was een groot landhuis met een rieten dak en kleine ramen, waardoor het binnen overal nogal donker was. Zo te zien was het lang geleden omgebouwd tot een soort jeugdherberg met goedkope klapstoeltjes en kale houten tafels. Overal in het huis rook het naar keuken met boontjes en aardappel. Net zoals bij opa in Rotterdam eigenlijk, maar dan ongezellig.

Die middag moesten ze eerst een lange wandeling maken naar de Piramide van Austerlitz. Dat was niet meer dan een oenig heuveltje dat ze in de bossen nog voor Napoleon hadden neergezet. Daar zal Napoleon blij mee zijn geweest, zeg, dacht Vera. Dat ze dat bezienswaardig durven te noemen. Maar het ergste vond Vera nog die jongens, die voortdurend vlak achter Claudia en haar aanliepen en de hele tijd flauwe opmerkingen maakten. Natuurlijk was het Dennis weer met dikke Jaap en nog een paar knullen.

'Met een van die twee daar zou ik best het bos in willen duiken, nu we toch in het bos zijn,' zei Dennis, zonder erbij te vertellen of hij nu Vera of Claudia bedoelde.

'Waarvoor dan?' vroeg Jaap, stom giechelend.

'Nou, om een beschuitje met haar te eten of zo,' zei Dennis.

Ze hadden het gewoon niet meer van het lachen.

Vera voelde zich er steeds ongemakkelijker onder.

's Avonds aan tafel ging Dennis gewoon door. Hij schoot met zijn lepel boontjes naar de overkant van de tafel, waar Vera zat, en riep: 'Vang!'

Vera kon die boontjes nog maar net ontwijken.

Wissel, hun mentor, kwam langslopen.

'Smaakt het een beetje, Dennis?' zei hij met een knipoog. 'En doe je een beetje kalm aan?'

'Dat vroeg mijn vriendin ook vannacht,' zei Dennis weer. Hij moest er zelf hard om lachen en stootte daarbij ook nog het glas water van Vera om. Maar kleine Jorg naast haar schoof zijn glas naar haar toe.

Ze hadden een slaapzaal op de zolderverdieping met allemaal ijzeren stapelbedden. Vera had een benedenbed met Claudia boven haar. In de badkamer aan het eind van de gang stond ze er wat onhandig bij tussen de andere giebelende meiden. Zij had zelf een gewoon saai wit slipje aan en een piepklein behaatje omdat ze nog bijna niets had. Claudia, zag ze, was misschien wel een beetje dik, maar die had tenminste al echte borsten.

Ze lagen nog lang niet allemaal in bed toen mevrouw Prenger kwam kijken.

'Het is nu al bijna tien over tien,' zei ze terwijl ze op haar grote horloge keek, 'en het is morgen weer vroeg dag. Daarom dacht ik dat het beter was dat we afspreken dat het vanaf nu stil is, zodat iedereen kan slapen. Is dat afgesproken?'

Dat mens bedoelde het misschien best goed, maar waarom moest ze er altijd zo streng bij kijken? Net alsof je nooit met haar kon lachen.

Mevrouw Prenger stapte de meisjesslaapzaal uit en deed resoluut het licht uit.

Maar even later werd er hard op het raam getikt. Lisa ging kijken, durfde het raam op een kier te doen en even later stormde er een stel jongens naar binnen! Die waren vanaf de jongensslaapzaal via de dakgoot naar de meisjes geklommen.

Dennis was erbij met dikke Jaap en Jesse met Kees en ook kleine Jorg.

Jaap had natuurlijk een plastic tasje vol snoep bij zich. Salmiakballen, cola lolly's, Engelse drop... Smaak had die jongen wel, en gul was hij ook. Hij trakteerde iedereen, terwijl ze gezellig tegenover Vera op het bed van Claudia zaten. Alleen Jorg zat naast Vera op haar deken. Bij het licht van wel zes zaklantaarns begon Dennis aan een serie schuine moppen die hij zelf zo leuk vond dat hij van het lachen niet uit zijn woorden kon komen.

'Komt een zeeman bij de hoeren... hi hi... nee, stil nou... komt in ieder geval die zeeman... hi hi... weet je wat die hoer zegt? Nee? Zegt die hoer doodleuk jij kan beter... ha ha... jij kan beter... ha ha... je eigen... hi hi... ha ha ha... meenemen, hoehoehaha!'

Dennis had het niet meer van het lachen. Niemand had er verder iets van verstaan. Maar Dennis zat er niet mee, hij vond zichzelf supergrappig, hij bleef er zowat in.

Hoe lang gaat dat nog door, dacht Vera. Maar op dat moment begon Jorg heel droog en laconiek zijn mop te vertellen: 'Komt een vrouw bij de dokter. Zegt de dokter: "Wat is het probleem?" Zegt zij: "Dokter, ik ben veel te dik. Daar moet iets aan gedaan worden." Zegt die dokter: "Goed, mevrouwtje. Ik ga u eens goed onderzoeken. Kleedt u zich maar helemaal uit." Zegt die vrouw: "Ja, maar dokter, dat helpt niet."' Even was het stil. Jorg keek om zich heen met een gezicht alsof hij het niet verteld had. Maar toen moest Vera er opeens vreselijk om lachen. Na al die gore praat van Dennis was dit nu eens echt iets om je te bescheuren. Ze lag helemaal in een deuk en leunde gierend van de lol tegen Jorg aan.

Op dat moment werd er hard op de deur gebonsd. 'Kan het

nu eindelijk eens stil zijn daar?' Het was de stem van Prenger!

Dennis en Jaap wisten niet hoe snel ze door het raam moesten ontsnappen naar de dakgoot. Jesse en Kees doken onder Claudia's bed en Jorg kroop bij Vera onder de dekens. Vera trok haar deken verder over zich heen en deed alsof ze sliep, terwijl ze aan het voeteneind Jorg voelde liggen.

Toen ging het licht aan. Mevrouw Prenger kwam binnen en keek rond. Ze zag in alle bedden meisjes liggen, die haar met grote onschuldige ogen aankeken.

'Ik dacht dat we afgesproken hadden dat wij stil zouden zijn,' zei ze streng. 'Wij zouden slapen omdat wij morgen vroeg op zouden staan. Dat zouden wij, dat was de afspraak. Waarom hoor ik dan om middernacht nog steeds gepraat en gelach? Kan iemand mij misschien vertellen wat er om middernacht te lachen valt? Nee? Neem liever een voorbeeld aan Vera daar. Die is verstandig want die slaapt tenminste. Maar van jullie wil ik niets meer horen. Begrepen?'

Met een rechte rug stapte ze de slaapzaal uit. Oef. Dat was goed afgelopen. Jesse en Kees kropen weer tevoorschijn, fluisterden 'doei' en gingen er als een haas vandoor. Ook Jorg kwam onder Vera's deken vandaan.

'Ik vond het best leuk om op zo'n manier met je naar bed te gaan,' zei hij nog, voor hij het raam uit ging. Daar moest Vera toch wel om grinniken. Grappig jochie, die Jorg.

Vera scoort

De volgende dag vertelde meneer Berkman aan tafel dat ze die middag een presentatie moesten doen, een toneelstukje opvoeren, een gedicht voordragen, een liedje zingen, een dansje doen, hindert niet wat. Niemand mocht zich drukken, iedereen moest meedoen met de grote Brugpiepershow.

Ze gingen allemaal aan de slag. Een groepje meiden ging playbacken bij de cd-speler, jongens deden iets geheimzinnigs met verkleedkleren en weer een ander had een boekje met 'humoristische voordrachten voor bruiloften en partijen'. Maar Vera wist niks om te doen. Ze zat maar in een hoekje voor zich uit te kijken.

Meneer Berkman liep langs en kwam er even bij zitten. 'Weet jij al wat jij gaat doen?' vroeg hij aan Vera. 'Jij doet toch ook mee, hè?'

'Kweenie,' zei Vera, 'want kweeniks.'

'Kom nou,' zei Berkman. 'Er is vast wel een gedichtje of een liedje dat je uit je hoofd kent. Dan doe je dat toch? Ik weet zeker dat jij dat heel goed zal kunnen.'

Hij stond op en ging weer verder. Daar zat Vera nou. Ja, ze kende wel een liedje dat ze vroeger vaak met opa zong. *Diep in mijn hart*, heette dat. Maar zouden de anderen dat geen stom liedje vinden? Nou ja, het was in ieder geval heel wat beter dan Frans Bauer.

Een uur later begon de hele voorstelling. Meneer Berkman

praatte als een volleerd presentator de verschillende optredens aan elkaar. Met wat kleine grapjes wist hij ook de meest nerveuze leerlingen op hun gemak te stellen. Mevrouw Prenger niet, die was jurylid en keek daar heel streng bij.

Eerst was Jorg aan de beurt. Hij kende het gedicht *De spin Sebastiaan* van Annie M.G. Schmidt uit zijn hoofd. Zijn voordracht was niet slecht, maar de meesten kenden dat versje nog van de basisschool. Hij kreeg dus maar een mager applausje.

Toen kwamen Isa, Lisa en Claudia. Zij hadden een cd van Britney Spears bij zich en ze hadden zich zwaar opgemaakt, want ze gingen Britney playbacken. Alleen kregen ze alle drie de slappe lach van de zenuwen, zodat ze er niets van terechtbrachten. Isa riep nog wel: 'Stop! Overnieuw beginnen!' maar Britney ging gewoon door met zingen.

Met veel kabaal en poeha klommen daarna Jaap en Dennis op het toneel met Jesse en Kees. Dennis had zich als vrouw verkleed met een laken als jurk en twee ballonnetjes onder zijn T-shirt als borsten. Ze zongen heel hard *Janus, Janus, pák me nog een keer!* terwijl ze die twee ballonnetjes beetpakten, totdat er één ballonnetje knapte. Dat was de hele act.

Er waren misschien wel een paar jongens die erom moesten lachen, maar de meesten vonden het maar flauw. Ook Vera vond het gênant dat Jesse en Kees van haar oude school hieraan meededen. Mevrouw Prenger zou hier zo te zien ook niet veel punten voor geven.

Maar nu moest opeens Vera opkomen met haar nummer. Nu al? Ze schrok zich rot.

'Verwelkom haar met een warm applaus: Vera!' riep Berkman enthousiast. Nu moest Vera wel.

Ze stapte naar voren, keek naar de punten van haar schoenen en zong zachtjes:

Diep in mijn hart
kan ik niet boos zijn op jou
blijf ik je toch altijd trouw
dat mag je heus wel weten.

'Gelijk heb je, schat!' riep Dennis erdoorheen. 'Zeker weten!'

Houd je muil, schreeuwlelijk, dacht Vera kwaad. Ik laat opa's mooie lied niet door jou verknallen. Ze rechtte haar rug en ging opeens heel trots en ernstig zingen, zoals ze opa altijd had zien doen als zij om hem moest giechelen. Ze zong nu alsof ze het tegen Dennis persoonlijk had:

Diep in mijn hart
is er maar één: dat ben jij!
Jij bent toch alles voor mij
zul je dat nóóit vergeten?

Toen gebeurde er iets geks. Dennis wist niet hoe hij kijken moest. Hij kreeg een kop als vuur, terwijl de anderen hem uitlachten. En hij hield zijn mond. Iedereen hield nu zijn mond.

Vera deed er nog een schepje bovenop. Met lange uithalen en armen wijd zong ze voluit tegen Dennis:

Want jij bent heus niet slecht
wat ook een ander van je zegt!

Gejoel en gejuich in de zaal. Applaus van de meisjes en ook van Berkman. Zelfs mevrouw Prenger moest lachen.

'En nu allemaal!' riep Vera overmoedig.

Zo zong iedereen, wijd zwaaiend met de armen:

Diep in mijn hart
kan ik niet boos zijn op jou

Blijf ik je toch altijd trouw, riep Vera.

Blijf ik je toch altijd trouw, zong de zaal.

Diep in mijn hart.

Vera kreeg een staande ovatie. 'We want more, we want more!' riepen ze.

Aan het eind van de middag gaf mevrouw Prenger haar de eerste prijs, een bos bloemen.

Vera nam die bloemen, gele roosjes, heel bescheiden en verlegen in ontvangst. Ze was er helemaal beduusd van. Dit had ze helemaal niet verwacht! Ze had zichzelf altijd een doodgewoon, nogal onhandig meisje gevonden, maar nu merkte ze opeens dat ze toch ook wel iets voorstelde, dat ze er wezen mocht.

Thuis moest ze natuurlijk in geuren en kleuren vertellen hoe ze aan die roosjes was gekomen.

'Ik zou opa maar gauw bellen,' zei moeder. 'Je hebt je succes tenslotte aan hem te danken.'

Dat was waar. Dat was Vera bijna vergeten.

'Ja, opa, met mij hier even,' zei ze. 'Ik heb op schoolweek *Diep in mijn hart* gedaan en die kreeg de eerste prijs.'

'Zo, dat is hartstikke goed,' zei opa. 'Dat zou Jaap Valkhoff mooi hebben gevonden.'

'Jaap wie?'

'Jaap Valkhoff, dat is de gast die dat nummer heeft geschreven en op de plaat heeft gezet. Hij was de Rotterdamse Johnny Jordaan, maar dan beter. Ja, hij is al jaren dood, maar als hij had gehoord dat mijn kleindochter nog eens de eerste prijs zou krijgen voor zijn meesterwerk, dan was hij daar groos op geweest. Jij hebt ons erfgoed bewaard, meisje.'

Die avond keek Vera in de badkamer in de spiegel. Zo ziet een 'bewaarder van erfgoed' er dus uit, dacht ze. Het stond haar goed.

We hebben allemaal wel wat

Niemand in het lokaal praatte. Je hoorde af en toe iemand kuchen of met een tas schuiven.

Meneer Berkman liep langs de banken en deelde de blaadjes uit. Hij was hun leraar Nederlands, maar sinds kort wist Jesse dat hij ook nog een andere taak had. Hij was dys... dys-iets coördinator van de brugklassen.

Jesse zuchtte en zocht een pen uit in zijn etui. Dadelijk was hij het ook nog, dys-iets. Het was natuurlijk geen goed teken dat hij niet eens kon onthouden hoe het heette. Het ging immers over wel of niet kunnen spellen, maar dan had je er ineens een rotsmoes voor: er zat iets niet goed in je hersens. Een contactje los, om het maar zo te zeggen. Betekende het niet gewoon dat je gek was?

Jesse was hartstikke zenuwachtig. Hij had het gevoel alsof hij opnieuw de Cito-toets moest doen. Als je het was, ging je op een soort bijles. Maar was dat niet het bewijs dat je een superkneus was?

'Jesse, misschien is het verstandig om te beginnen.' De stem van Berkman klonk hard door de stilte. Verdwaasd keek Jesse op. Nu pas zag hij dat er een blad met opgaven voor hem lag. Hij voelde zijn wangen warm worden.

'Sorry, meneer,' fluisterde hij en hij begon te lezen. De eerste zinnen vielen mee, en de zenuwen verdwenen langzamerhand uit Jesses buik. Geconcentreerd werkte hij door en ruim voor het dicteegedeelte begon, had hij de zinnen af.

Rustig keek hij om zich heen. De meesten waren nog bezig. Wie van hen zou dys-iets zijn?

Meneer De Waal wachtte tot iedereen klaar was, en toen las hij het dictee voor. Aan het eind van het uur legde hij uit wat er met de test ging gebeuren.

'Over een paar weken hebben we alle tests bekeken. Dan krijgen de kinderen van wie we denken dat ze dyslectisch zijn bericht. Die krijgen nog een officiële dyslectietoets. Als daaruit komt dat je echt dyslectisch bent, krijg je tijdens de steunlesuren speciale begeleiding. En bij toetsen is er meer tijd om ze te maken. Dat gaat in principe door tot je examen gedaan hebt. Zelfs in het vervolgonderwijs krijg je meer tijd voor toetsen. Dus ook als je later gaat studeren.'

Toen ze het lokaal uit liepen, kwam Stijn naast hem lopen.

'Ik hoop dat ik dyslectisch ben,' zei Stijn en hij klonk oprecht. Verbaasd keek Jesse opzij. Stijns gezicht stond volkomen serieus, terwijl zijn haren op een komische manier alle kanten op stonden.

'Heb je het niet gehoord, man?' Stijn ontweek ondertussen behendig een lange leerling uit de bovenbouw. 'Je krijgt voor alle toetsen veel meer tijd. Ik ben nogal een slome, weet je. Dus dat lijkt me ideaal. En als je iets verkeerd geschreven hebt, dan zeg je gewoon dat je er niets aan kunt doen! Dat is toch heerlijk bij al die lastige vakken zoals Frans en Engels? Non, madam, je suis dyslectisch!' Stijn trok een heel zielig gezicht.

Jesse haalde zijn schouders op. Zo had hij het nog niet bekeken. Maar hoe mooi Stijn het ook zei, Jesse was niet overtuigd. Diep in zijn hart was hij als de dood dat hij dyslectisch was. Stel je voor, bleek je ineens een handicap te hebben waar je eerder niets van af wist.

Wissel stond voor zijn lokaal op hen te wachten. Het was tijd voor hun wekelijkse mentoruur. De banken stonden weer in een carré, Wissels lievelingsopstelling.

Ze zaten nog nauwelijks, toen de leraar een grote zak chocoladekoekjes tevoorschijn haalde.

'Zo, brugwupjes van me, flink gezweet bij de dyslectietoets?'

Ze begonnen ineens allemaal door elkaar te praten. Jesse werd daar een stuk vrolijker van. Hij was waarschijnlijk niet de enige die zich druk had gemaakt bij de toets.

Wissel hield zijn handen in de lucht. 'Jongens, jongens! Kalmte kan je redden!'

Gek genoeg was het Stijn die als eerste zei: 'Ik vind het gek. Hoe zou ik nou ineens dyslectisch kunnen zijn? Dan was ik dat toch altijd al? Hoe kan dat nu ineens ontdekt worden?'

Wissel legde het uit, gaf antwoord op ieders vragen en zo langzamerhand keerde de rust in de klas weer.

'Voordat jullie je schriftjes bij gaan houden, moet ik je nog iets vertellen. Volgende week is er voor alle brugklassers een rekentoets en morgen krijgen jullie allemaal nog een andere test. Dan worden jullie getest op faalangst.'

'Nou dat weer!' Het schoot eruit voordat Jesse er erg in had. Zijn opmerking werd met hard geschater ontvangen, niet in de laatste plaats door Wissel zelf.

'Het is niet als straf bedoeld, maar om jullie te helpen. We kunnen beter aan het begin van het schooljaar ontdekken welke problemen er spelen. Dan kunnen we je hulp op maat geven.'

'Wat is dat, faalangst?' Vera's stem overstemde het tumult.

'Sommige kinderen zijn zo bang dat ze het fout zullen doen, dat ze hun toetsen daardoor slecht maken. En als je daar niets aan doet, kan het steeds erger worden. Vandaar dat we faalangsttraining bieden aan de kinderen die daaraan lijden.'

Wissel sprong op. 'Ik deel de schriften uit, jongens. Anders komen we daar helemaal niet meer aan toe.'

Tijdens elk mentoruur kregen de leerlingen van 1b de tijd om in hun schriftje te schrijven. Het was een soort dagboek, alleen waren er in dit geval twee mensen die het lazen: Wissel en jijzelf. Zo kon je aan je mentor dingen vertellen die je normaal gesproken misschien voor je hield. Wissel schreef ook vragen in het schrift, dus het was ook een soort briefwisseling.

Normaal gesproken wist Jesse niet altijd wat hij moest schrijven, maar nu wel. Hij trok het schriftje naar zich toe en sloeg het open. Op de eerste lege bladzij schreef hij met grote letters: *IK WIL EEN NORMAALVERKLARING!*

Ik ben het zat. Ik heb niks, en ik heb ook nooit wat gehad. Van al die toetsen word ik alleen maar zenuwachtig. Bij de dyslectietoets twijfelde ik over elke zin. Volgens mij heb ik daardoor veel meer fouten gemaakt dan ik anders zou doen. Ik word dyslectisch van die toets. En van die faalangsttoets krijg ik vast ook faalangst. Kortom: IK WIL EEN NORMAALVERKLARING!

Met een klap sloeg hij zijn schrift dicht. En op dat moment ging de bel.

Wissel keek met een onderzoekende blik naar Jesse. 'Jullie mogen gaan. Leg je schriftjes op mijn bureau als je het lokaal verlaat.'

Toen Jesse langs hem schoof, legde Wissel zijn hand op Jesses arm. 'Wacht je even?'

'Maar we hebben Frans...' Jesse vond het al lastig genoeg om steeds op tijd van het ene lokaal naar het andere te komen.

'Ik loop zo wel even met je mee.' Wissel sloeg zijn schriftje open. Toen hij Jesses eerste zin las, schoot hij in de lach. 'Ik dacht al dat de toetsen je dwarszaten.' Zijn donkere ogen twinkelden toen hij opkeek. 'Die toetsen hebben niks te maken met al of niet normaal zijn. We hebben allemaal wel wat. De een heeft platvoeten en de ander is kleurenblind. Lastig, maar wel normaal. Dat geldt ook voor dyslectie en faalangst.'

Wissel sloeg met zijn vuist op de open bladzij in Jesses schrift, net alsof hij een stempel zette.

'Bij deze verklaar ik Jesse normaal.' Toen sloeg hij het schrift dicht. Jesse voelde een vreemde opluchting. Hij was dus normaal, wat er ook uit die toetsen kwam!

'Zal ik nu even met je meelopen naar Frans?'

'Graag, meneer.' En Jesse moest zich bedwingen om niet een klein sprongetje te maken.

Ook dat nog!

Met afschuw staarde Isa in de badkamerspiegel naar haar kin. Hij zat een centimeter onder haar rechtermondhoek. Wat vreselijk! Net nu de schoolfotograaf zou komen. Had ze met moeite de klerenkastcrisis overwonnen, kreeg je dit... Haar eerste!

Isa zocht alle hoekjes van haar geheugen af om het antwoord te vinden op de vraag: wat nu? Ze kwam niet verder dan *afblijven*! Wel gleed ze voorzichtig met het topje van haar wijsvinger over het witte bolletje. Als-ie nou op haar voorhoofd had gezeten, kon ze hem misschien nog wegwerken door haar haar anders te doen. Hoewel... Vandaag was experimenteren met je haar geen goed idee. Stel dat het niet beviel, dan stond je wel de rest van het schooljaar te kijk op de klassenfoto.

Een laatste blik in de spiegel. Niks aan te doen, dus. Je had er wel speciale make-up voor, schoot haar nog te binnen, maar ze was niet zo make-upperig. Nou ja, haar kleren waren goed. Al had het even geduurd, vandaag had ze gekozen voor groen. Geen zwart. Ook geen merk. Zij was ook niet zo merkerig. Zij koos haar eigen stijl. En vandaag was een bijzondere dag, zomaar. Daar was geen speciale reden voor. Zo voelde het gewoon. Een dag voor groen dus. Groen kleurde ook mooi bij de verse donkerrode kleurspoeling in haar haar. Isa glimlachte naar haar spiegelbeeld.

Ze was nog niet klaar in de badkamer, want ze moest nog naar de wc. Daar ontdekte ze een rare donkere vlek in haar slipje. Geschrokken staarde ze ernaar, terwijl ze haar plas in de pot hoorde kletteren. Nee, het was toch niet... Maar bij het afvegen zag ze ook wat donkerroods en kon ze er niet meer omheen. Ook dat nog! Wát een dag... Wat nu? dacht ze voor de tweede keer. Met een bonkend hart bleef ze zitten. Nadenken. Alweer. Wat doe je als je ongesteld bent geworden? En wat vond ze ervan? Moest ze nu blij zijn?

Ze spoelde door en sjorde haar broek omhoog. Met de knoop nog los en haar hand beschermend tegen haar buik gedrukt keek ze om het hoekje of de gang leeg was. Nu kwam ze liever even niemand tegen. Op haar kamer pakte ze een schoon slipje en rende terug. Ze keek in het badkamerkastje waar het maandverband moest liggen. Daar! Ze nam het pak van de plank om er zo'n witte reep uit te halen. Haar eerste! Snel kleedde ze zich om en legde het verband in haar slipje. Het voelde propperig. Zou je het kunnen zien zitten? De badkamerspiegel was te klein, dus waggelde ze de badkamer uit om in de slaapkamer van haar ouders een blik in de spiegel te kunnen werpen. Ze verdraaide bijna haar nek, maar kon het niet goed zien. Dat wil zeggen, ze zag haar groengebroekte billen maar ze kon dus niet zien of je het zag.

Wat merkte ze er nog meer van? Voelde ze het lopen? Had ze buikpijn? Kramp? Dat hoorde er toch bij? Maar dat alles voelde ze niet. Wel kriebelde er iets in haar buik. Toch kramp? Nee, het was eerder een lachkriebel. Wauw, zij was een vrouw geworden! En ze had er niet eens buikpijn van!

Maar nu moest ze opschieten! Ze had inmiddels wel erg veel vertraging opgelopen. Ze schommelde de trap af en de kamer in, waar de rest al aan de ontbijttafel zat. Ze omhelsde haar ouders en zelfs haar jongere zusje Marije kreeg een knuffel. Alle drie staarden ze haar aan.

'Is er iets?' vroeg Isa.

'Nou ja!' riep Marije uit. 'Alsof het normaal is zoals je doet!'

Nee, dacht Isa. Dat is ook niet normaal. Vandaag is er niets normaal. En ik zeg lekker nog even niks. Ze pakte een boterham en smeerde er jam op.

'En je hebt een pukkel op je kin!' riep Marije uit.

'Nou en?' Uitdagend keek Isa haar zusje aan.

'Niks "en", zomaar,' mompelde die en propte een halve boterham in haar mond.

Isa was te laat bij het tankstation waar ze verzamelden om samen naar school te kunnen fietsen, maar ze haalde de anderen met gemak in. Behalve haar boeken zat er nu ook maandverband in haar rugzak. Het zat anders, op het zadel, met zo'n ding in je broek, dacht Isa. Lisa mocht het het eerst weten. Haar beste vriendin was allang ongesteld. Isa ging naast haar fietsen, legde haar hand op Lisa's arm en zo zacht mogelijk bespraken ze de details.

Dat het geen normale dag zou worden, bleek direct al: iedereen had zijn best gedaan op zijn haar en zijn kleren. Ze zagen er allemaal mooi uit! Zouden ze wat zeggen over haar puist? Isa had de neiging hem aldoor met haar vingers van ieders blik af te schermen, maar Claudia, die naast haar zat, was de enige die er wat van zei: 'Arme Isa, net vandaag!'

Isa bekeek haar klasgenoten eens goed en telde de pukkels. Dat waren er al aardig wat. En hoeveel van de meiden zouden al ongesteld zijn? Ineens was Isa heel nieuwsgierig. Ze zou wel willen uitroepen: 'Ik ben het ook! Ik hoor er ook bij!' Maar ze deed het niet. Achter haar zat Rachida, die een hoofddoek droeg. Betekende dat bij moslimmeisjes niet dat zij ook...? Ze wisten niet precies hoe laat hun klas aan de beurt zou zijn voor de schoolfotograaf. Dus waren ze elke les opnieuw erg onrustig. Ook Isa kon haar aandacht niet bij de les houden. Ze was zelfs een beetje zenuwachtig. Het was belangrijk dat ze er goed op kwam!

Eindelijk was het zover. Tijdens het vierde uur kwam meneer Van Dijk, de onderbouwcoördinator, de klas binnen. Hij vertelde dat eerst buiten een klassenfoto gemaakt zou worden. Dan konden ze terug naar de klas. Vervolgens moesten ze op alfabetische volgorde naar lokaal 20 voor de pasfoto's, steeds in groepjes van vijf. Als er een groepje terug was, konden de volgende vijf gaan.

Een paar meiden begonnen te gillen dat ze nog naar de wc moesten om hun haar te doen.

'Het waait buiten,' zei meneer Van Dijk. 'En de fotograaf wacht. Kom mee.'

Joelend rende de klas door de gang naar buiten, naar het grasveld naast de school waar de gymvelden lagen. Isa deed het rustig aan. Ze had het idee dat ze nog steeds waggelde, maar Lisa had gezegd dat je er niks van zag. Maar ongesteld zijn was wel even wennen.

Buiten was een grote boom en in zijn schaduw stond een rij stoelen en een lange gymbank, met wat ruimte ertussen. Het was de bedoeling dat een aantal kinderen op de stoelen ging zitten, dan een rij staand erachter en als laatste kon een deel van de klas op de gymbank staan.

39

Onderweg naar buiten had Isa al bedacht: naast wie wil ik staan? Naast Claudia? Met haar was ze vanaf het begin van de brugklas omgegaan, maar eigenlijk alleen maar omdat Claudia als enige meisje ook van de Woutertje Pieterse kwam. Maar nu trok ze steeds meer op met Rachida. Gek eigenlijk, dacht ze, hoe dat gaat: eerst maak je je druk of je wel nieuwe vrienden zal krijgen. Voor de veiligheid blijf je dan in de buurt van de kinderen uit groep acht en ineens merk je dat er nieuwe groepen ontstaan. Zomaar vanzelf. Want je zoekt toch de kinderen op die je aardig vindt. Zo werd het ook minder erg dat ze niet in dezelfde klas zat als Lisa. Weet je wat? Ze ging naast haar nieuwe vriendin staan!

Verschillende meiden glossten hun lippen of waren met handspiegeltjes in de weer. Ze frunnikten aan elkaars kapsels en kleren. Jongens plukten wat aan hun gelstekels en staken vervolgens hun handen in de zakken. Ze maakten een opgewonden kabaal met zijn allen en de fotograaf had moeite hen een beetje te dimmen. Dan had meneer Van Dijk meer gezag, en hij kreeg hen in een min of meer ordelijke opstelling.

Omdat Isa zo klein was, moest ze op een stoel gaan zitten. Ze pakte de hand van Rachida en zei: 'Dan jij ook.' Zo zaten ze samen vooraan.

Isa voelde nog even aan haar kin en overwoog haar hand daar te laten. Ach nee, wat kon het haar ook schelen. Pukkels hoorden er nou eenmaal bij. Leuk was anders, maar ze kon moeilijk de hele dag met haar hand aan haar kin vastgeplakt blijven zitten.

Ze ontspande. Ze lachte. Ze keek naar de fotograaf die riep: 'Nou, klas 1c, wel lachen hoor! Daar komt-ie! Ja, mooi! Nog een keer. Say cheese!'

Isa wiebelde stiekem met haar billen heen en weer om te kijken of ze het maandverband voelde. En terwijl ze daar zo tussen haar nieuwe klasgenoten zat te glimlachen, werd ze overspoeld door trots: dit is mijn nieuwe school! Mijn nieuwe klas! Mijn nieuwe vriendin! Mijn nieuwe lichaam!

Lady Vera

Het was nog net geen Zeeman of C&A dat ze moest dragen, maar afgezien daarvan vond Vera wel dat ze schandalig weinig kleedgeld kreeg.

Anderen droegen Esprit, DNKY en zelfs Armani alsof het niks kostte. Die Armani-shirts waren dan wel neppers, maar toch. Zij had alleen van die leuke, kleurige, maar merkloze truitjes en welgeteld één Levi's spijkerbroek. Daar moest ze het mee doen en daar kwam je niet ver mee bij de jongens op school.

Aan de andere kant wilde ze ook weer niet meedoen met de mode van blote naveltruitjes en inkijkbloesjes. Zo'n sloerie-look hoefde ze nu ook weer niet. Alleen, een ietsiepietsie meer sexy glamour mocht wat haar betreft wel.

Dit liep ze allemaal te overdenken terwijl ze shoppend door het winkelcentrum zwierf. Bij de H&M liep ze naar binnen. Daar zag ze op de afdeling Lingerie in de uitverkoopbak opeens iets glimmends liggen.

Ze pikte het eruit. Het was een string, een rood minislipje met zachte kanten randjes en een goudkleurig sluitinkje aan de achterkant. Het zag er eigenlijk wel hoerig uit. Zou dat niet erg strak aanvoelen tussen je billen?

Opeens keek ze schichtig om zich heen. Het ging geen van de andere klanten iets aan dat ze daar met dat ding in haar vingers stond. Maar tegelijkertijd dacht ze in een opwelling: weet je wat? Ik doe het gewoon. Kan mij het schelen! Ik koop dat ding. Nu.

Zogenaamd achteloos liep ze ermee naar de kassa en legde het op de toonbank. De kauwgum kauwende caissière liet niet merken dat ze Vera maar een del vond of zo. Ze rekende de string normaal af, deed hem in een plastic tasje en gaf het bonnetje erbij.

Zo stond ze met haar tasje weer op straat. Wat nu te doen? Ze vond het wel spannend allemaal. Ze wilde niet wachten met passen tot ze thuis was, ze wilde het nu al uitproberen. Daarom ging ze de eerste de beste McDonald's in en liep zonder op of om te kijken meteen door naar de wc. Daar deed ze haar spijkerbroek en slipje uit en de string aan. Ze gleed met haar handen langs haar heupen en moest lachen om zichzelf. Het voelde ook zo zacht en grappig aan. Daarna ging de broek er weer overheen. Bij de wastafel keek ze nog even naar zich zelf in de spiegel. Zo op het oog was ze een gewoon meisje in truitje, T-shirt en spijkerbroek. Maar ondertussen...

Ze liep doodleuk de McDonald's weer uit zonder een cola of wat dan ook te nemen en ging de straat op.

De zon brak net door en Vera paradeerde langs de etalageruiten waarin ze zichzelf weerspiegeld zag. Je kon het niet aan haar zien, maar ze voelde zich fantastisch, de ster van de wijk. Hier liep niet een of ander brugpiepertje, hier kwam een lady langs. Op de hoek stond een dikke bloemenman bij zijn stalletje. Vera knipoogde maar eens naar hem. Die man had natuurlijk geen flauw idee waar hij dit opeens aan te danken had!

Vergeetkromme

Dat Isa niet bij Lisa in de klas zat, had ook zo zijn voordelen. Zij hadden een andere lerares Frans.

Isa had de verhalen over mevrouw Prenger wel gehoord: die stond in de deuropening al op de klas te wachten, zodat ze een voor een langs haar moesten. Ze keek met haar priemende blik dwars door je heen, ze kon niet tegen geintjes en zag er ook nog eens niet uit. Een kapsel met een knotje, dan kwam je toch zeker uit de middeleeuwen!

Nee, dan hún lerares! Evie heette ze, ze mochten haar bij haar voornaam noemen. Ze was jong en zag er bijna uit als een leerling. Ze zat met haar billen op het bureau als zij de klas binnenkwamen en dan begon ze met een praatje. Eerst in het Nederlands en dan ging ze op het Frans over. Bijna ongemerkt begon zo de les. Ze maakte grapjes en was goed op de hoogte van popmuziek. Nou, voor zo iemand wilde je wel leren!

Isa deed dan ook erg haar best op Frans. Ze vond het alleen zo moeilijk. Kijk, Engels ging bijna vanzelf, zeker het praten en verstaan. Maar Frans! De uitspraak van de woorden was soms een complete verrassing! En al die streepjes op de e! Nooit stonden ze de goede kant op. En dan moest je ook nog weten of woorden 'le' of 'la' waren.

Morgen hadden ze een schriftelijke overhoring en Isa was op haar kamer aan het leren. Ze liep met haar lesboek Frans in haar handen heen en weer tussen de muur en het raam. Dat waren zes passen heen en zes passen terug. Hardop las ze een voor een de Franse woorden op met hun vertaling erbij, rijtje voor rijtje. Je moet de woordjes er gewoon in stampen, had Evie tijdens een van de eerste lessen gezegd, net zo lang herhalen tot je ze kent. Nu stampte Isa hard met haar voeten op de grond.

'École: school, crayon: potlood, cahier: schrift, stylo: pen, livre: boek, tableau: schoolbord, cartable: schooltas.'

Dat herhaalde ze en daarna ging ze over naar het volgende rijtje. Zes passen heen en zes passen terug. Volgende rijtje. Zes woordjes heen en zes woordjes terug.

Tot haar moeder naar boven kwam. Al op de trap begon ze te roepen: 'Isa, Isa, wat doe je?'

Toen bonkte ze op de deur. 'Isa!'

Isa keek op en zag het verhitte gezicht van haar moeder in de deuropening. Verbaasd vroeg ze: 'Wat is er?'

'Je maakt zo'n kabaal! Wat ben je aan het doen?'

'Frans leren. S.o. morgen. Allemaal woordjes.'

'Moet je daar zo veel herrie bij maken? Ik word helemaal gek van dat gestamp boven mijn hoofd!'

Er ging Isa een lichtje op. 'O, bedoel je dat. Ja, ik was woordjes uit mijn hoofd aan het leren. Stampen, dus. Ik dacht, misschien helpt het als ik écht ga stampen.'

'Lieve help!' riep haar moeder uit.

'Maar ik vind het zó lastig om ze te onthouden.'

'Maar moet dat dan zó?'

'Kweetniet. Ik probeer ook maar wat. Dat zei onze mentor: je moet je eigen manier van leren ontdekken. Kijken wat bij je past.'

Haar moeder kreunde. 'Ik hoop niet dat dít bij je zal blijken te passen.'

'Dat weet ik pas als ik het cijfer op mijn s.o. weet.'

'Zijn er geen moedervriendelijker methoden?'

'Kweetniet,' zei Isa weer. 'Die moeten we nog krijgen, dan.'

'O, nou ja.' Isa's moeder zuchtte. 'Een goed cijfer is wel belangrijk natuurlijk.'

'Wil je me straks overhoren? Dan weet ik of ik ze ken.'

De volgende dag hadden ze het vierde uur Frans. Isa kende de woordjes goed toen haar moeder haar overhoorde, maar toen ze aan de s.o. begon, schrok ze. Ze wist een heleboel woorden niet meer. En was crayon nou le of la? En ecole met of zonder streepje? Ze beet bijna haar pen stuk terwijl ze alle laatjes van haar geheugen opentrok. Waar hadden die woordjes zich verstopt? Ze konden toch niet zomaar verdwenen zijn? Gisteren kende ze ze nog!

Toen het tijd was, leverde ze chagrijnig het blaadje in. Er waren te veel woorden waar ze onzeker over was of zonder vertaling erachter.

De volgende les Frans kregen ze het al terug. Evie stond bij de voorste tafel in haar tas te zoeken en viste hun s.o.'s eruit, die ze vervolgens uitdeelde. Isa's hart begon een beetje sneller te slaan. Ze zou toch wel een voldoende hebben...? Nee hè, een 5,1...! Hoe kon dat nou?

Ze keek op naar Evie, die meevoelend vroeg: 'Valt het tegen?'

'Ik had heel hard gestampt,' zei Isa verontwaardigd. 'Na het leren wist ik alles!'

Ze keek opzij naar het cijfer van Claudia. Die had een 6,7 en Rachida, achter hen, een 8. Zij was een kei in Frans.

Isa draaide zich weer naar haar eigen blaadje om en haar blik vloog langs alle rode strepen. Hè, wat veel fouten!

Toen gingen ze het bespreken. Isa zuchtte. Ze stak haar vinger op. 'Ik snap het niet: wanneer is een woord nou le en wanneer la?'

'Gewoon uit je kop leren!' antwoordde Evie. 'Dat is de beste methode. Als je je woordjes leert, meteen erbij leren of het mannelijk of vrouwelijk is. Weet je, Isa, ik kan wel uitleggen in welke gevallen woorden mannelijk zijn, maar dat is een heel ingewikkeld verhaal.'

Isa knikte. Dat snapte ze. Toen vroeg ze: 'Ik heb ze zó goed geleerd en nou heb ik een 5. Wat moet ik doen om de volgende keer wél een voldoende te halen?'

'Je hebt je s.o. goed geleerd, zeg je,' herhaalde Evie. 'Oké, ik geloof je. Wanneer was dat?'

'Gewoon, de middag ervoor.'

'En verder?'

'Mijn moeder heeft me overhoord. Toen kende ik zowat alle woordjes!'

'En wanneer was dát?'

'Diezelfde middag na het leren. 's Avonds moest ik dansen.'

Evie ging er eens goed voor zitten. 'Oké, opletten allemaal. Hier wordt een heel nuttige vraag gesteld. Hoe haal je een voldoende? Ik kan hem ook anders formuleren en dan is hij voor iedereen interessant: hoe haal je een hoger cijfer? Zegt de vergeetkromme jullie iets? Hebben we het daar al eens over gehad?'

'Nee!' riep de klas.

Evie sprong op van het bureau en liep naar het bord. 'Weet je,' begon ze. 'Als je aan het leren bent, vergeet je altijd weer een deel van wat je geleerd hebt. Dat is gewoon zo.' Jorg reageerde met sissende geluidjes. 'Tsss, wat stom zeg!' Evie lachte. 'Ja, jammer hè? Onze hersens kunnen nooit honderd procent vasthouden van wat we erin gestampt hebben. Stel, je moet honderd woordjes leren en je kent ze na het leren allemaal, dan zul je er een dag later nog maar vijftig weten en weer een dag later ken je er nog maar twintig. Dat kun je in een grafiek uittekenen.'

Om zich heen hoorde Isa een aantal kinderen kreunen. 'Zo weinig?' vroeg ze.

'Echt waar?' riep Claudia.

'Ja!' zei Evie. 'Kijk maar.' Ze draaide zich met haar rug naar de klas en tekende een kromme lijn op het bord van linksboven naar rechtsbeneden. 'Dus is het volkomen verklaarbaar én normaal dat Isa direct na één keer leren alle woordjes kent, maar een dag later de helft vergeten is. Resultaat: een onvoldoende.'

Evie wees op de lijn. 'Dit heet de vergeetkromme.' Ze keek de klas rond. 'Dus? Als je nou de volgende dag alle woordjes opnieuw gaat leren, heb je weer een score van honderd procent in plaats van die vijftig procent op de tweede dag uit deze grafiek.' Vanuit dat punt tekende ze een lijn omhoog. 'Je kent weer al je woordjes.'

'Maar daarvan vergeet je toch ook weer een deel?' wierp Isa op.

'Ja, je hebt helemaal gelijk,' zei Evie en ze liet haar krijtje weer in een kromme lijn dalen, die echter hóger eindigde dan de eerste. 'Tel uit je winst,' zei ze dan ook.

Toen trok ze een nieuwe loodrechte lijn omhoog. 'Ga je nu wéér herhalen, dan weet je weer honderd procent.'

'Maar daarvan vergeet je dus ook weer een aantal!' riep Kees.

'Inderdaad,' zei Evie. 'En dus daalt de kromme weer, máárrrr... Uiteindelijk onthoud je steeds meer woordjes! Snap je? In plaats van die twintig procent die je nog weet na één keer leren, weet je na drie keer leren nog zeventig procent.'

'Goh, nooit geweten,' zei Claudia.

En Rachida zei: 'Je moet dus echt vaak leren!'

'Maar dan haal ik een 7 voor Frans,' zei Isa. 'Wat zeg ik? Een 8 of een 9!'

Evie keek hen aan. 'Ja! Jullie hebben 'm door! Je moet dus altijd herhalen als je leert, liefst twee keer. Dat betekent eerder beginnen met leren, twee of drie dagen vóór de overhoring. Dus...' Nu keek Evie de hele klas weer aan. 'Als je huiswerk gaat maken, moet je niet alleen bij de volgende dag kijken wat je op hebt, maar ook altijd een paar dagen vooruit. Maar dat zullen jullie bij de mentorles ook wel hebben gehad.'

De klas knikte. Dat was zo.

Isa vroeg: 'Als je 's middags hebt geleerd, kun je dan ook 's avonds herhalen?'

'Ja hoor, dat kan,' antwoordde Evie. 'Als er maar tijd tussen zit. En als je je laat overhoren, doe dat dan niet direct na het leren. Dat geeft je het gevoel dat je het kent, terwijl je het een en ander gaat vergeten in de uren erna! Snapt iedereen dit?'

Evie keek de klas rond. 'Hé,' zei ze, 'ik ga mijn theorie bewijzen! Als je gaat herhalen, onthoud je meer! Ik geef hetzelfde s.o.

nog een keer op. Jullie gaan dezelfde woordjes voor de tweede keer leren. Ik wed dat alle cijfers dan hoger uitpakken en Isa een voldoende scoort! Doen?'

De klas begon te juichen. Wat verwonderd deed Isa mee. Nou moe! Allemaal blij met een s.o.! Voor het eerst en misschien ook wel voor het laatst, dacht ze.

Twee lessen Frans later schreef Isa tevreden een 8,5 in haar agenda.

Boekverslag

Het regende en het stormde. Jesse kon haast niet tegen de wind inkomen. Hij had moeten nablijven tot het achtste uur, alleen omdat hij zijn boekverslag Nederlands niet op tijd had ingeleverd. Zo stom van die Berkman! Nu moest hij alleen fietsen en daardoor leek de weg nog langer dan anders.

En hij moest nog steeds het boekverslag afmaken. Hij had er net tijdens het nablijven aan zitten werken, maar af was het nog niet. Het stukje dat hij had gemaakt, had hij naar huis gemaild, dan kon hij er vanavond mee verder. Dat had hij met Berkman afgesproken. Zijn broek werd natter en natter, zelfs zijn sokken raakten doorweekt. Hij wist al wat zijn moeder zo zou zeggen: 'Waarom heb je je regenbroek niet aangedaan?'

Omdat niemand dat ooit deed, maar dat kon hij tegen haar niet zeggen.

Woest stootte hij het tuinhekje open met zijn voorwiel. Hij kwakte zijn fiets in de schuur en hij stampte de keuken in.

'Wat ben je laat, lieverd! En wat ben je nat! Waarom...' Maar toen ze zijn gezicht zag, hield ze haar mond.

Jesse besloot eerst een droge broek aan te trekken, voordat hij verder zou gaan met zijn boekverslag. Misschien kon hij voor het eten nog iets doen.

Toen hij de kamer in kwam, zat Paul achter de computer. Ook dat nog.

'Ik moet huiswerk maken,' gromde Jesse.

'Ik mag altijd van 5 tot 6 msn'en,' protesteerde Paul.

'Opzooien, het moet af.' Jesse begon aan Pauls mouw te trekken en zijn broer gilde meteen als een speenvarken. Wat kon die jongen zich toch verschrikkelijk aanstellen! Nog geen twee tellen later stond mam in de kamer.

'Wat ben jij aan het doen?' Dreigend keek ze Jesse aan.

'Ik moet huiswerk maken. Ik moest nablijven omdat ik mijn boekverslag niet af heb. Dus nu moet ik achter de computer.'

Mams gezicht klaarde zichtbaar op. Er was een verklaring voor zijn rare gedrag.

'Je kunt dat ook op een normale manier vragen! Huiswerk gaat voor, dat weet Paul ook.'

Nu was het Pauls beurt om chagrijnig te kijken. Mam bleef wachten tot hij opstond. Jesse schoof onmiddellijk op de stoel, die nog warm was van Paul.

'Dan mag ik straks nog even als Jesse klaar is,' vond Paul.

Mam zuchtte. 'Als het dan nog geen bedtijd is.'

Achter mams rug stak Jesse zijn tong uit naar Paul. Hij kon niets terugdoen, want mam keek. Dus sjokte hij op z'n allerlangzaamst weg van de computer en zette de televisie heel hard aan.

'Paul! Uit die televisie! Jesse moet werken.' Mam sloeg de gangdeur hard achter zich dicht en Paul zakte beledigd op de bank met de Donald Duck.

Via de mail haalde Jesse zijn boekverslag op. Meteen zonk hem de moed weer in de schoenen.

Hij besloot zich eerst even aan te melden bij MSN. Een beetje ontspanning kon geen kwaad. Zijn klasgenoot Chris was online. Leuk! Sinds ze die keer samen huiswerk hadden gemaakt, waren ze echt goede vrienden.

'Hoesti? Is je verslag af?'

'Klote,' typte hij terug. ''t Pist van de regen. Kben zeiknat. Verslag moet nog een heel eind.'

'Zo moeilijk ist tochnie?' Chris had een smiley met zijn tong scheef uit zijn mond gemaild. Jesse grinnikte. Daar knapte een mens van op.

'Khad t boek niet uit. Kweetniet hoek verder moet.'

'Kun je 't niet lenen? Wie woontr bij jou int dorp?'

Jesse zuchtte. Vera natuurlijk. En die had het boek misschien wel. Zij was een echte boekenwurm.

Ineens stond Paul achter hem. Hij liep op zijn sokken, dus Jesse had hem niet horen aankomen.

'Mam!' gilde Paul keihard in Jesses oor. 'Jesse zit te msn'en!'

Woedend stormde mam de kamer in.

'Jesse! Wat een rotstreek!'

'Mam, het ging over huiswerk!'

'Dat is wel het flauwste excuus dat ik ooit gehoord heb. Ga weg achter die computer. Paul mag zijn tijd eerst volmaken, en daarna mag jij.'

Zuchtend stond Jesse op. 'Ik heb het boek niet waarover ik het boekverslag moet maken,' protesteerde hij nog zwakjes.

Mam keek op haar horloge. 'Het is donderdag en dan is de bieb tot negen uur open. Ga nu onmiddellijk dat boek lenen. Belachelijk dat je een verslag maakt over een boek dat je niet eens in de buurt hebt. Welk boek is het?'

'*Bijna veertien* van Caja Cazemier.'

'O,' zei mam. 'Dat heb je wel geleend laatst. Waarom heb je het verslag niet gelijk gemaakt?'

'Ik ga al!' Nog chagrijniger dan hij al was, trok hij zijn jas aan. Hij ging mam niet vertellen dat hij de vorige keer te laat was met terugbrengen en dat hij al een boete moest betalen. Elke dag dat hij het langer had, kostte hem meer geld. En hij had het al twee keer verlengd, dus dat ging ook niet meer.

Het was droog en eigenlijk viel het fietsen naar de bieb nog best mee. Binnen een kwartier was hij al weer terug met het boek.

Paul zat nog steeds lekker te msn'en. Zou hij weer zijn plek achter de computer opeisen? Hij besloot van niet. Voor het eten kon hij misschien nog net het boek uitlezen. Hij was de vorige keer al heel ver. Hij nestelde zich in een hoekje van de bank en voor hij het wist zat hij helemaal in het verhaal. Ontzettend spannend dat verhaal over Timo. Hij was net iets ouder dan hijzelf en Jesse kon zich zijn gevoelens goed voorstellen.

'Jesse!' Verdwaasd keek hij op.

'Ik heb je al drie keer geroepen. Het eten is klaar.'

'Sorry. Ik hoorde het niet. Ik kom meteen. Ik heb hartstikke honger.' Jesse sprong op. Mam bleef nog steeds bij de bank staan. Vragend keek ze hem aan. Ze verwachtte nog iets van hem. Jesse begreep het al.

'Sorry van daarnet, mam. Ik was chagrijnig omdat ik moest nablijven en daarna alleen door de regen moest fietsen.'

'Oké!' Ze streek even over zijn hoofd. 'Ik snap het.'

Aan tafel zat Paul al weer vrolijk over van alles en nog wat te kletsen, dus met hem hoefde hij geen vrede meer te sluiten. Ze aten andijviestamppot met spekjes en daar was Jesse dol op.

Zo langzamerhand kwam zijn humeur weer op peil.

En toen mam na het eten zei dat hij nu achter de computer mocht zonder te helpen opruimen, was al zijn chagrijn vergeten.

Paul hielp mam in de keuken en Jesse meldde zich weer aan bij MSN. Meteen kreeg hij een berichtje van Chris.

'Waar was je nou, man?'

'Ik was ff naar de biep. Boek lenen. Kheb het nu uit. Goed voor mn verslag.'

'Heel goed!'

Daar plopte een berichtje in beeld dat Vera online kwam.

'Hoe was Berkman? Heb je nog hulp nodig?'

Aardig van Vera. Maar nu hij het boek had, kon hij het prima alleen af. Alleen zag hij er als een berg tegen op. Nog vijf minuten, dan was het precies kwart voor zeven. Dan zou hij beginnen.

De een na de ander kwam online en Jesse kon al die berichtjes nauwelijks bijhouden. Hij kreeg het er warm van en merkte niet eens dat mam de kamer was ingekomen. Ze legde haar hand op zijn schouder en Jesse schoot op van schrik.

'Jesse, volgens mij komt dat boekverslag op deze manier nooit af.' Mams stem klonk aardig en dat maakte dat Jesse zich ineens schaamde.

'Je hebt gelijk, mam, maar ik zie er zo tegen op!'

'Dat blijft zo totdat je het af hebt. Dus kun je er beter maar gelijk aan beginnen. Het is nu kwart voor zeven. Meld je af bij MSN. Zeg dat je om 8 uur nog een half uur online bent. Dan ga je nu als een razende aan het werk en dan kun je straks nog even gezellig kletsen.'

'Oké!' Met tegenzin deed Jesse wat zijn moeder gezegd had, maar toen hij eenmaal bezig was, ging het veel sneller dan hij gedacht had. Omdat hij net weer had zitten lezen, wist hij nu veel beter wat hij over het boek schrijven moest.

Achter elkaar typte hij door en om tien voor acht zette hij met een zucht de laatste punt. Zijn moeder had gelijk. Wat een heerlijk gevoel dat hij het nu af had!

'Ik heb het af, mam!'

Eerst even naar de wc en daarna weer aanmelden bij MSN. Toen hij terugkwam, had mam een bakje chips en een glas fris bij de computer gezet. 'Omdat je zo hard hebt gewerkt,' zei ze met een knipoog.

Hij lachte terug. Zijn moeder was zo gek nog niet. Hij meldde zich weer aan en stuurde een berichtje naar Chris: 'khebt af!'

Barbie

Vera zou na schooltijd met Hanna meegaan, haar nieuwe vriendin. Maar bij de fietsenstalling zag ze dat Hanna ook Rachida bij zich had. Rachida was een nogal stil meisje met donkere ogen en een hoofddoekje om. Vera kende haar maar vaag, ze zat ergens in een parallelklas.

Ja, zij had natuurlijk geen enkel bezwaar tegen meisjes met een hoofddoek, heus niet, dat moesten die meiden zelf weten. Maar toch vond ze het jammer dat ze nu niet met Hanna alleen samen was. Met Hanna kon je lekker giebelen en over meidendingen kletsen en ze hadden afgesproken dat ze de hele Viva van haar moeder zouden gaan lezen. Alleen, met zo'n Rachida erbij kon dat nu niet. Zo'n meisje als Rachida was natuurlijk erg serieus en streng opgevoed. Voor je het wist zei je misschien iets verkeerds, je weet maar nooit. Afijn, ze zou wel zien.

Bij Hanna thuis gingen ze meteen naar boven, thee mee, cola mee en Bløf op de cd-speler. Rachida nam cola en zong zachtjes alle woorden van Bløf mee. Dat verbaasde Vera nogal, dat Rachida die teksten kende, maar Rachida bleek een fan van Bløf en had een hekel aan Frans Bauer. Dat viel dus hartstikke mee, die meid had er verstand van.

Omdat ze nu toch met meiden onder elkaar waren, deed Rachida haar hoofddoek af. Ze had donkerzwart golvend haar en haar hoofddoek was prachtig. Er zaten bloemetjes in verweven, zwart glimmend op doorzichtig zwart. Vera werd er bijna jaloers van, het voelde ook zo mooi zacht aan.

'Hé, heb jij een barbie!' riep Rachida opeens.

Inderdaad had Hanna een barbiepopje op het boekenplankje boven haar bed staan met alles erop en eraan en Ken erbij.

Hanna pakte haar eraf en gaf het opgetutte popje door aan Vera en Rachida. Eigenlijk geneerde Hanna zich er een beetje voor, maar het kon Vera en Rachida niets schelen dat Barbie in hun midden was. Vera deed Barbies truitje uit om haar een glimmend bloesje aan te doen.

'Nou, die heeft tenminste al tieten,' zei Rachida. 'Zij wel, ik niet.'

Ze gierden het uit van het lachen en voor ze het wisten waren ze druk in de weer met dat belachelijke barbiepopje. Tuttelen en giechelen, alsof ze basisschoolkinderen van amper elf waren in plaats van jonge dames van ver over de dertien uit het voortgezet onderwijs.

Rachida vertelde dat ze thuis ook een barbie had. Die had ze nog van haar vader gekregen. Samen met haar moeder had ze er nog een mooi, piepklein hoofddoekje voor gemaakt.

Vera dacht aan haar oude weggestopte barbie en hield haar mond maar.

Ze hadden intussen de grootste lol. Ten slotte pakte Vera de arme barbie beet en legde haar op haar rug met haar beentjes in de lucht. Hanna haalde Ken erbij en legde die erbovenop. Ze lagen alle drie in een deuk.

Onderweg naar huis dacht Vera erover na dat het toch wel speciaal was dat ze nu gemerkt had dat je met een moslima ook kon lachen. Ja, ze wist dat wel zo'n beetje, maar ze had dat nog niet eerder meegemaakt.

Straks!

De fietstocht terug naar huis duurde veel langer dan anders. Isa trapte en trapte, en kwam maar langzaam vooruit. De anderen waren dan ook allang uit het zicht verdwenen, zo ver lag ze achter. Ze had dat ook geroepen: 'Fiets maar door!' Vandaag had het geen zin om op haar te wachten.

Ze klemde haar kaken op elkaar. 'Kom op, Ies, trappen,' moedigde ze zichzelf aan.

Ze gooide haar hele gewicht ertegenaan. Rechtertrapper naar beneden, linkertrapper naar beneden, rechtertrapper, linker... Wat was zij voor watje vandaag? Waar was haar spierkracht gebleven? Rechtertrapper naar beneden, linkertrapper...

Waaide het nou zo hard? Maar dan alleen rondom haar zeker, want ze werd met gemak ingehaald door moeders met kleine kindjes achterop en door bejaarden. Dat kon ze niet op zich laten zitten! Rechtertrapper naar beneden, linker... Of had ze ineens een of andere spierziekte? Dat hoorde je wel eens, dat je ergens een virus of zo opliep en daar kon je allerlei akelige dingen van krijgen. Dat kon ze zich best voorstellen met al die mensen en viezigheid op school...

Rechtertrapper, linker, rechter, linker. Nu het buurdorp nog voorbij, dan langs de boerderijen van de straatweg en daar kwam eindelijk hun eigen dorp in zicht. Isa nam de afsnijweg door het park.

Eindelijk, eindelijk, eindelijk kwam ze thuis. Ze had dus echt de puf niet meer haar fiets in de schuur te zetten. Die kwakte ze tegen de muur waar hij protesterend onderuitging. Laat maar liggen. De deur klemde meer dan normaal en de weg door de bijkeuken en keuken naar de kamer was ineens zó lang.

Gelukkig, ze had de bank bereikt. Languit liet Isa zich erop vallen.

'Wat zullen we nu beleven?'

Isa zag het verbaasde gezicht van haar moeder boven de bank hangen.

'Doe je je jas niet uit? Zet je je tas niet even in de gang? En ik hoor ook graag even: hoi, mam!'

'Straks.' Isa deed haar ogen dicht.

'Wil je thee?'

'Straks.'

Ze was even tot helemaal niets in staat, zelfs een kopje thee drinken was te veel moeite. Toch zette haar moeder een kopje naast haar op het tafeltje, hoorde ze.

Na twee minuten deed ze haar ogen open. Na nog eens twee minuten liet ze haar tas van haar schouder op de grond glijden en weer drie minuten later kon ze haar jas uittrekken.

'Nou, dat schiet lekker op,' hoorde ze haar moeder achter zich zeggen. 'Zou je je schoenen niet ook even uitdoen?'

'Straks.'

Haar moeder lachte. 'Kun je nog wat anders zeggen?'

'Straks.'

Haar thee werd koud en haar koekje werd gepikt door Marije, die als een wervelwind door de kamer sjeesde. Die goeie ouwe tijd, thuiskomen van school en niks aan je hoofd hebben... Lekker doen waar je zin in hebt...

Na vijf minuten kwam ze overeind.

Haar moeder kwam naar haar toe. 'Zo moe?' Ze aaide over haar hoofd. 'Zal ik nieuwe thee voor je inschenken?'

Isa knikte. Ze zette de tv aan en blies in een warm kopje thee. Hè, lekker.

Na een half uur begon het: 'Moet je geen huiswerk maken?'

'Ja, straks.'

'Is het veel?'

'Geen flauw idee.'

'Ga even kijken, het is goed om van tevoren te weten wat je moet doen.'

'Straks.'

Haar moeder ging de keuken in en riep halverwege het volgende tv-programma richting Isa: 'Ga je zo naar boven, aan je huiswerk?'

Het was het gemakkelijkste om nu terug te roepen: ja, mam. Maar haar hele lijf protesteerde. Huiswerk maken? En ze was nog zo moe! Isa zakte verder onderuit op de bank. Ze was zelfs te moe om de tv-gids te pakken die op de vensterbank lag. Plotseling voelde ze een enorme irritatie opkomen. Wie legde de tv-gids nou op de vensterbank?! Waar je dus zo niet bij kon!

Isa keek TMF en kwam weer een beetje bij.

Maar toen stond haar moeder weer voor haar. 'Ga je nu naar boven? Huiswerk maken? Dan heb je mooi nog wat tijd voor we gaan eten.'

En Isa begon zomaar te schreeuwen: 'Néé! Stráks heb ik toch gezegd! Straks! Straks! Straks!'

Vol machteloze woede keek ze haar moeder aan. 'Laat me toch met rust! Ik doe het echt wel, maar nu nog niet.' Daar werd

62

ze dus ook zo moe van!' 'Ik héb niet eens veel huiswerk,' zei ze er voor de zekerheid achteraan.

Haar moeder pakte Isa's theekopje op en zei een beetje beledigd: 'Nou, rustig maar, ik zeg het voor je eigen bestwil. Jij moet het zelf doen.'

Isa trok haar neus op en bauwde zonder geluid haar woorden na: 'Rustig maar. Bestwil. Zelf doen.' En ineens voelde ze de tranen opkomen. Driftig knipperde ze met haar ogen. Ho, niet gaan janken! We zijn niet zielig, we zitten alleen maar in de brugklas. Isa wist even niet meer of ze het wel zo leuk vond.

Later was ze toch maar naar boven gegaan. Eigenlijk alleen om haar moeder tevreden te stellen, maar van huiswerk maken kwam het niet. Ze ging lekker op bed muziek liggen luisteren.

Na het eten had ze weer wat energie. Op haar kamer pakte ze haar tas uit en keek wat er voor morgen in haar agenda stond. *Ak dl par 2 t/m 5.* Par? O ja, paragraaf. En wat betekende *dl* ook alweer? Deel? Doel? Droplul? O nee, doorlezen, dat was het. Niet leren dus. O. Nou ja. En *ne 1.4.1?* Welke 1.4.1? Klopte dat wel? O nee, dat moest natuurlijk zijn: l 4.1, leren 4.1. O help! Proefwerk geschiedenis morgen! En ook nog het verslag van bio afmaken. Daar had ze nog niet veel aan gedaan. Te veel gekletst. Morgen inleveren! Isa keek nog eens goed, maar het stond er echt. Helemaal vergeten...

Wat veel! Dat redde ze nooit! Nou ja, maar gauw beginnen. Ze hadden geleerd kleine samenvattingen te maken zodat je die kon leren. Maar dat kostte tijd... En ze wist eigenlijk niet precies wat er allemaal in dat verslag moest, dus voor de zekerheid beschreef ze de proefjes die ze in de les gedaan hadden zo uitgebreid mogelijk. De bijbehorende tekening maakte ze met keurige lijnen en prachtige kleurtjes. Ze gunde zichzelf niet eens een pauze. Toen haar moeder om half tien bovenkwam om te zeggen dat het zo langzamerhand bedtijd werd, was Isa nog niet klaar.

'Meisje toch,' zei haar moeder terwijl ze even over haar hoofd streek, maar de verwijtende woorden die Isa verwachtte, bleven uit.

'Hoeveel tijd heb je nog nodig?'

Dat wist Isa niet precies. Haar moeder bracht wat drinken en lekkers en gaf haar een half uur uitstel. Maar daarna was ze onverbiddelijk: het was bedtijd.

'Maar ik heb mijn verslag nog niet af!' riep Isa in paniek.

'Toch ga je nu naar bed. Met slaaptekort kun je niet helder nadenken en verknal je je proefwerk.'

Even later zat haar moeder ouderwets gezellig nog even op het randje van Isa's bed.

'Mijn vriendin Floor,' begon haar moeder, 'is lerares. Weet je wat ze me laatst vertelde? Dat heel veel brugklassers de eerste weken erg moe zijn. Jullie hebben heel wat om aan te wennen. En daarbij elke dag je huiswerk.'

Isa knikte. Zo was het precies. En nu het nieuwe er een beetje af was, werd het alleen nog maar zwaarder. Ze slikte, want haar keel werd dik. Nee, hè, de voortekenen van tranen.

'En dan zijn jullie ook nog eens aan het groeien,' ging haar moeder verder. 'Kost allemaal energie.'

Helemaal waar, knikte Isa tevreden.

'Maar weet je wel dat je hersens ook aan een groeispurt bezig zijn? Die zijn nog lang niet af op jouw leeftijd. En Floor vertelde ook dat het gedeelte dat je planning en organisatie moet regelen, nog niet helemaal ontwikkeld is...'

'Dus ik kan er niks aan doen...' zei Isa. En ze schaterde de naderende huilbui zomaar weg.

'Hmm.' Haar moeder keek haar aan. 'Wat natuurlijk niet betekent dat je niet alvast een béétje kunt probéren om je huiswerk wat beter te plannen.'

'Oké, mam,' zei Isa met een grijns. 'Zal ik doen. Straks.'

Opa heeft het weer

'Dag kind, fijn dat je er bent!' riep opa van boven aan de trap.

Ik ben geen kind meer, dacht Vera, maar ze zei het niet.

Ieder jaar in de kerstvakantie ging Vera een paar dagen logeren bij opa in Rotterdam. Dat was al zo toen ze nog klein was, dus dat was dit jaar ook zo.

Ze had niet afgehaald willen worden van het Centraal Station, want ze wist langzamerhand wel hoe ze met de tram naar opa moest komen op de Nieuwe Binnenweg.

Opa woonde daar boven een slijterij, dat was wel handig, vond hij. Hij was al over de zeventig, maar dat kon je niet aan hem zien. Dat kwam doordat zijn haar altijd in de war zat, net als bij sommige leraren op school, en hij altijd en eeuwig een oude spijkerbroek droeg.

'Kom gauw boven,' zei opa. 'Ik heb net je logeerkamertje in orde gemaakt met een speciale verrassing.'

In haar oude kamertje zag Vera op het tafeltje bij het raam een doos staan met een barbie-setje erin. Het was een complete set met een haardroger, een krultang, een droogkap en de hele beautycase daarbij. Nou ja, zeg, hoe verzint die ouwe het?

'Wat moet ik daar nou mee, opa?' zei ze.

'Ik dacht dat je dat wel aardig zou vinden,' zei opa. 'Jij hebt toch altijd je barbie bij je als je komt logeren?'

'Ach opa, barbie is van vroeger, daar doe ik allang niet meer aan.'

'Dat was vorig jaar. Sinds wanneer is vorig jaar meteen al vroeger?' zei opa spijtig.

Daar wist Vera geen antwoord op en opa hield ook verder zijn mond, terwijl hij uit het raam stond te kijken.

'Moet je niet naar huis bellen om te vertellen dat je veilig bij je grootvader bent gearriveerd?' vroeg hij ten slotte.

'Mama is niet thuis,' zei Vera, 'maar ik sms wel even.' Ze griste haar mobieltje uit haar tas en ging ijverig aan de slag. 'Met mij alles ok hier' tikte ze in.

'Hoe doe je dat toch? Laat mij eens kijken,' zei opa. 'Klere, dat is me even niet niks, zeg. Ben jij effe gis!'

'Wil jij ook nog mama de groeten doen?' vroeg Vera.

'Ja, dat is te zeggen, hoe doe je dat dan?' aarzelde opa.

'Weet je dat niet? Het is heel makkelijk. Wat wil je sms'en?'

''s Even kijken. Vriendelijke groeten van je liefhebbende vader. Of iets dergelijks. Lijkt me wel mooi.'

'Kijk, hier bij de acht staat t-u-v, dus voor de v moet je drie keer acht intoetsen. Zie je wel? Doe het dan.'

Opa deed het. 'En verder?' vroeg hij.

'Voor de r drie keer zeven, dat zie je toch?' zei Vera ongeduldig.

Na vijf minuten zwoegen stond er alleen nog maar: 'vrrien.ddel.ukke'.

'Laat mij maar even,' zei Vera. En ze toetste vlug in: 'xxx4u.pa'.

'Wat is dat nou weer?' vroeg opa.

'Dat zie je toch,' zei Vera hoofdschuddend. 'Daar staat: "kusjes for you van pa".'

'O, gaat dat zo tegenwoordig,' mompelde opa. 'Neem me niet

kwalijk hoor. In mijn tijd schreven we nog brieven, met de hand geschreven. Of ansichtkaarten met "Groeten uit Rotterdam" erop. Goed, laten we maar de stad in gaan. Naar Diergaarde Blijdorp maar weer?'

'De dierentuin? Wat moeten we daar doen?' Vera had iets heel anders in haar hoofd.

'Net als altijd,' zei opa. 'Apies kijken, dat vond je vorig jaar nog prachtig en het jaar daarvoor ook. Bovendien is er nu een tunnel waardoor je onder de haaien van het aquarium kunt lopen. Dat schijnt heel interessant te zijn.'

'Gatsie, haaien! Niks voor mij,' zei Vera. 'Ik wil alleen maar naar de Koopgoot, gewoon wat funshoppen.'

'De Koopgoot?' vroeg opa. 'Dat chique winkelcentrum voor dure kapitalisten? Wat moet jij daar in godsnaam?'

'Ik ben nu te oud voor apies kijken,' zei Vera doodleuk. 'Ik ben nu meer iemand voor trendy kleren kijken.'

'Oké, jij je zin,' zei opa maar. 'Gaan wij naar die stomme Koopgoot.'

Vera liep dit keer voorop, ze kende de weg, terwijl opa achter haar aan sjokte.

Op de Oude Binnenweg zei hij: 'Kijk, hier zijn allemaal huizen van honderd jaar oud. Maar daar bij die gokhal is het opeens allemaal nieuwbouw. Daar is de zogenaamde brandgrens. Tot daartoe was het hele centrum van Rotterdam weggebrand in de oorlog.'

'Ja ja,' zei Vera en stapte stevig door richting Koopgoot. Dat was een grote winkelstraat die naar beneden afliep naar een tunnel toe. Vandaar kon je zo de kelder van de Bijenkorf in.

Vera keek haar ogen uit: Sissi Boy, H&M, Armani spijkerbroeken, Dieseljeans, het kon niet op. Ze wilde overal wel binnenwippen, niet om iets te kopen, maar gewoon om lekker rond te neuzen, dat is tenslotte ook funshoppen.

Opa stond er een beetje onhandig bij. Zo nu en dan ging hij de straat op en keek om zich heen.

'Dat is toch gek,' zei hij. 'In de oorlog was hier nog niets. Hier was alleen een bouwput met een grasveldje, waar ik de hond uitliet. Ik heb hier ook nog een geheime schat begraven. Die is nu niet meer terug te vinden. Ze hebben alleen maar nieuwigheid gebouwd over mijn herinneringen heen.'

'Geeft niks, opa,' zei Vera.

'Ja ja,' zei opa. 'Heb jij nog een hippe outfit gevonden in een van de zaken hier? Zo noemen jullie dat toch, hippe outfit? Ach kind, in de oorlog mocht ik al blij zijn als ik de ingekorte broek van mijn broer af mocht dragen.'

'Ik ben geen kind meer, opa,' zei ze. 'Wat gaan we nu doen?'

'Wij gaan wat drinken in mijn café aan de Kruiskade,' bromde opa. 'Want daar zijn wij aan toe.'

Ze liepen weer een eind terug, eerst langs de Schouwburg en daarna langs de Westersingel.

'Weet je dat hier in de Westersingel nog zeehonden hebben rondgezwommen?' zei opa. 'Dat komt zo: bij het bombardement door de Duitsers in 1940, toen de oorlog begon, toen stond de oude dierentuin daar verderop in brand. Ze moesten alle arme dieren zien te redden. Aapjes werden opgesloten in een telefooncel, elanden vastgebonden aan een lantaarnpaal en de zeehonden lieten ze...'

'Opa, dat heb je al zo vaak verteld,' zei Vera geïrriteerd.

'Ja, en al die keren vond je het een mooi verhaal,' zei opa. 'Het is trouwens geen verhaal, het is echt gebeurd. Ik zweer het je!'

'Nou, én?' zei Vera kwaad. 'Jij altijd met je verhalen van oorlog dit en oorlog dat. Wat interesseert mij dat nou? Man, er zijn rampen in Azië, er is honger in Afrika, er is oorlog in Irak of waar dan ook. Op het Jeugdjournaal zie je kinderen in vluchtelingenkampen en jij zit alleen maar te zeiken over die stomme ouwe oorlog van jou. Houd daar toch over op, man!' Tranen van woede stonden in haar ogen.

Opa keek haar onthutst aan. 'Jij moet één ding goed begrijpen, kleintje,' zei hij streng. 'Mensen zoals ik, die dat hebben meegemaakt, kunnen dat niet zomaar vergeten. Die blijven zich dat hun leven lang herinneren. Dat zul je moeten accepteren.'

'Nou, dat doe ik toevallig niet!' Vera was nog steeds kwaad.

'Wat wij nodig hebben, is een borrel aan de Kruiskade,' zei opa. Hij legde een hand op haar schouder en nam haar mee.

Het was een donker en rommelig café waar ze binnen gingen. Opa liep meteen door naar een tafeltje achterin.

'Hetzelfde maar weer, Henk?' vroeg de barkeeper en zette een biertje met een glaasje jenever voor hem neer.

Vera nam een cola. 'Niet met een rietje maar uit een glas,' zei ze erbij.

'Hoor eens,' zei opa na zijn eerste slok. 'Als jij zo nodig moet puberen, dan ga je je gang maar. Geen probleem. Maar doe me een lol en doe dat thuis tegen je ouders. En ga alsjeblieft niet puberen tegen je opa.'

'Ja, nou goh,' zuchtte Vera. 'Ja, nou goh. Ja, nou goh. Zo erg bedoelde ik het niet, hoor. Dat heb ik telkens, dat ik niet bedoel wat ik zeg en dat ik niet zeg wat ik bedoel!'

Opa lachte en begon zachtjes te zingen: 'Diep in mijn hart kan ik niet boos zijn op jou.'

Daar moest Vera zo vreselijk om lachen. Ze had het niet meer. Ze kreeg de slappe lach en was niet meer te houden.

Het valt een beetje tegen

De kerstvakantie was heerlijk. Zo fijn om even niets te hoeven. Lekker lang in je pyjama op de bank hangen met Paul voor de televisie. Gamen tot je een ons woog, samen met pap hout halen voor de open haard. Naar de bios met opa en oma, en geen huiswerk. Misschien was dat nog wel het fijnste. Jesse had het inmiddels behoorlijk naar zijn zin op het Max Havelaar. Hij was gewend aan zijn klas en ook aan de wisselende leraren. Maar dat huiswerk... Het was toch een enorme druk elke keer. Jesse werd er ook vaak onzeker van. Leerde hij het wel goed? Had hij het wel juist opgeschreven in zijn agenda? Hoe goed hij ook probeerde te luisteren, af en toe kon hij zijn afdwalende gedachten niet tegenhouden. In de kerstvakantie gaf dat allemaal niets, dat was het fijne. Hij voelde zich weer net een basisbig, en dat was fijn.

Nu was de vakantie afgelopen. Elke ochtend weer in het donker opstaan, als je het gevoel had dat het nog midden in de nacht was. Met je muts op en je handschoenen aan naar school fietsen. Hij praatte meestal nog niet zoveel met de andere fietsers omdat hij nog helemaal niet wakker was. En vandaag, donderdag, zouden ze hun rapport krijgen tijdens het mentoruur. Die gedachte alleen al lag als een steen op zijn maag. Waarom wist hij niet precies. Hij had toch zijn best gedaan?

Eerst hadden ze twee uur gym, daarna wiskunde, geschiedenis en het vijfde uur was hun vaste mentoruur. Zoals gewoonlijk wachtte Wissel hen op in de deuropening van zijn lokaal. Een voor een dromden ze naar binnen en toen Jesse langs Wissel kwam, haalde die even kort zijn hand over zijn hoofd. Dat maakte Jesse nog bezorgder. Op het Max Havelaar deden leraren niet snel zoiets. Dat was meer iets voor op de basisschool. Zou het met zijn rapport te maken hebben?

Zodra iedereen op zijn plek zat, werd het stil. In het lokaal hing een gespannen sfeer. Dit was immers hun eerste echte rapport. Na de herfstvakantie hadden ze ook een rapport gehad, maar de cijfers daarvan telden nog niet echt mee. 'Ze vormen een indicatie,' zoals Wissel toen gezegd had.

'Jongens, niet zo zenuwachtig,' zei Wissel lachend, terwijl hij zich naar zijn tas boog. 'Ik zal de rapporten zo meteen uitdelen, maar eerst wil ik nog even wat zeggen.' Hij ging rechtop staan met een stapel papieren in zijn hand.

'Behalve een rapport krijgen jullie ook een brief met uitnodiging voor een gesprek. Als jullie ouders je rapport bekeken hebben, wil ik daar graag met ze over praten. En jullie zelf zijn daar ook bij uitgenodigd. Samen wil ik bespreken hoe het eerste halfjaar gegaan is, en hoe de toekomst eruit zal zien. Die gesprekken vallen allemaal volgende week. Als het door mij gekozen moment voor je ouders lastig is, moeten ze me vanavond thuis maar even bellen. Dan maken we een andere afspraak.'

Wissel begon door het lokaal te lopen en hij legde op elke bank een rapport met een brief.

Jesses hart bonkte in zijn keel.

'Het uur van de waarheid is aangebroken,' fluisterde Chris

dramatisch. Maar hij leek zich geen moment zorgen te maken. Zwijgend legde Wissel het rapport voor Jesses neus en meteen daarna gaf hij Chris het zijne. Fijn was dat. Zo kon Jesse eerst rustig zelf zijn cijfers bekijken zonder dat Chris meekeek.

Een 5 voor wiskunde, een 6 voor Frans, een 6 voor Nederlands, een 6 voor geschiedenis, een 7 voor Engels, een 7 voor gymnastiek, een 7 voor muziek en een 6 voor aardrijkskunde. Jesse wist niet of hij met dit rapport nou blij moest zijn of niet. Drie zevens, dat was toch niet slecht. Toen keek hij nog eens naar de vijf en toen wist hij het wel. Een vijf, dat was heel slecht. Hij kreeg het ineens heel warm. Een zweetdruppeltje liep onder zijn haar vandaan zijn nek in. Had hij dit niet zien aankomen? Niet echt, want hij had de laatste tijd het gemiddelde van zijn cijfers niet meer uitgerekend. Of eigenlijk: niet willen uitrekenen.

De rest van het uur ging volledig aan hem voorbij. Chris had blijkbaar een goed rapport, want die was niet meer te houden. Hij zat maar te zingen en te wiebelen op zijn stoel en hij sloeg Jesse wel twee keer op zijn schouder. Dat Jesse niet zo vrolijk was, viel hem geen moment op.

Jesse zorgde dat hij het lokaal uit was voordat Wissel hem aan kon spreken. Nog even niet, was alles wat hij kon denken. Stel je voor dat hij op de gang begon te huilen. Hij zou zich doodschamen.

Met zijn hoofd naar beneden liep hij naar het volgende lokaal.

'Hé man, waar ga je heen?' Chris legde zijn hand op zijn schouder.

'Frans natuurlijk. Dat hebben we namelijk op donderdag het zesde uur.' Het kwam er nukkiger uit dan Jesse bedoeld had.

'Waar heb jij het vorige uur met je gedachten gezeten? Ben je soms verliefd?' Chris knipoogde overdreven naar hem. 'Het uur valt uit, sukkel. Prenger is ziek naar huis gegaan. Heb je dat niet gehoord?'

Ondanks zijn slechte humeur schoot Jesse in de lach om het komische gezicht dat Chris trok.

'Nee, dat heb ik niet gehoord.'

Thuis schrok zijn moeder net zo van zijn rapport als hij. Ze belde acuut naar zijn vader in Italië, ook al zei Jesse wel tien keer dat dat niet nodig was. 'Pap ziet mijn rapport dit weekend wel,' bleef hij volhouden.

'Pap kan morgenmiddag aan het eind van de middag thuis zijn. Ik bel meneer Wissel om te vragen of het gesprek dan kan. Ik vind het fijn als je vader er ook bij kan zijn.' Zonder Jesses commentaar af te wachten, belde ze meteen naar school.

'Het kan morgenmiddag om vijf uur,' zei ze toen ze opgehangen had. En Jesse voelde een vreemde opluchting. Hoe eerder dat gesprek plaatsvond, hoe liever het hem was.

Jesse ging vrijdagmiddag met Chris de stad in tot het vijf uur was.

'Mijn gesprek is vanmiddag, dan kan mijn vader erbij zijn,' had hij gezegd. Meer woorden had hij er niet aan vuilgemaakt en Chris had het klakkeloos geaccepteerd. Chris had een worst bij de HEMA gekocht en die hadden ze gebroederlijk gedeeld. Om tien voor vijf fietste Jesse terug naar school en Chris naar huis.

Voor de school stond de grote vrachtwagen van zijn vader en dat gaf Jesse een vertrouwd gevoel. Net alsof zijn vader alles op kon lossen, terwijl hij best wist dat dat voor dit soort dingen niet gold.

Zijn ouders stonden al in de grote hal van de school en ze leken er net zo verloren als twee brugklassers die er voor het eerst waren.

'Kom, deze kant op,' wees Jesse. Grappig dat hij hier beter de weg wist dan zijn ouders.

Het was in bijna alle lokalen donker, behalve in dat van Wissel. De deur stond open en Wissel stond op zodra hij hen zag. Met uitgestoken hand liep hij op Jesses ouders toe.

'Wat leuk om u weer te zien!'

Hij knikte naar Jesse. 'Goedemiddag, meneer Van Gent,' zei hij met een knipoog.

'Gaat u zitten.'

Wissel had drie stoelen voor hen klaargezet. Onwennig schoven Jesses ouders in hun jassen op een stoel.

'U hebt het rapport van Jesse al bekeken?' Wissel schoof het hun voor de zekerheid nog even toe. Jesses vader boog zich erover. Hij knikte, hij had de cijfers immers al van mam gehoord.

'Wat vinden jullie ervan?'

'We zijn ervan geschrokken,' flapte mam eruit. 'Hij werkt zo hard en ik had gedacht dat hij betere cijfers zou halen.'

'Heeft Jesse u de cijfers wel verteld?'

'Natuurlijk!' Trots keek zijn vader even naar hem. 'Maar als je alle cijfers op een rijtje ziet, dan valt het toch een beetje tegen.'

'Daar zegt u nu precies hoe het zit. Het valt een beetje tegen. Meer dan dat is het niet. Mijn collega's hebben het idee dat Jesse hard werkt, dus daar ligt het niet aan. Het zou kunnen dat hij niet op de goede manier werkt, maar het zou ook kunnen dat het tempo voor hem aan de hoge kant ligt. Dat moeten we de rest van het jaar nog eens rustig bekijken. Hij kan nu in ieder geval steunles wiskunde krijgen. Dat is elke donderdag het zevende uur. Het lijkt me verstandig als je daar voortaan heen gaat.' Wissel keek Jesse vriendelijk aan. 'De wiskundeleraar kan dan met je kijken of je aanpak wel goed is. En ik wil samen eens met je kijken naar de talen, hoe je dat aanpakt. Kom maandag maar met je agenda, dan maken we een afspraak.'

'En als het tempo nou te hoog voor hem ligt?' vroeg Jesses moeder en haar stem klonk vreemd.

'Dan zou Jesse misschien beter op z'n plaats zijn in vmbo-t, maar het is nog veel te vroeg om dat te zeggen,' zei Wissel. 'Als hij in de loop van het jaar zijn draai wat beter vindt, kan hij waarschijnlijk best naar 2 havo.'

Even later liepen ze met zijn drieën door de stille gang. Geen van hen zei wat. Pas toen ze buiten kwamen, zei zijn vader: 'Je fiets kan wel achterin en die van mam ook. Dan kunnen we gezellig met zijn drieën terugrijden.'

'Ik werk echt heel hard!' zei Jesse toen ineens.

'Natuurlijk werk je hard. Keihard,' zei zijn moeder en ze sloeg een arm om hem heen. 'Ik vind dat je het geweldig doet. En het komt vast allemaal goed.'

Ze gaf hem een kus op zijn wang. En zijn vader gaf hem een stomp tegen zijn arm.

'Het belangrijkste is dat je je best doet en dat je het naar je zin hebt. Verder maakt het voor ons niks uit.'

'Goed,' zei Jesse en hij slikte. Zelf was hij nog niet zover.

Spiekbriefje

Dat rapport en het gesprek met Wissel hadden er bij Jesse wel ingehakt. Hij was er erg onzeker van geworden. Zou hij de enige zijn geweest met zo'n rapport of zouden meer kinderen een tegenvallend rapport hebben?

Met Chris had hij hun rapport niet besproken, maar het was wel duidelijk dat zijn cijfers prima waren. Zo blij was hij met zijn rapport geweest. Daarnet had hij tijdens het fietsen nog eens gevist hoe het met Kees zijn rapport zat.

'Echt geweldig is mijn rapport,' had Kees opgeschept. 'Mijn ouders zijn hartstikke trots op me. Misschien kan ik nog wel naar de havo met zulke fantastische cijfers.' Jesse had niets meer gezegd en ook niet over zijn eigen rapport verteld. Kees zou het maar al te mooi vinden als zijn geweldige Cito-score van vorig jaar toch een vergissing bleek te zijn.

Hij was vanmiddag vroeg uit en zat in zijn eentje in de kamer. Zijn moeder stond vanmiddag op de markt. Jesse keek naar buiten. Zielig voor haar. Het sneeuwde behoorlijk en hij wist van het fietsen hoe koud het was.

Vóór hem lag zijn wiskundeboek. Morgen een toets. En eerlijk gezegd snapte hij er nog niet veel van, ondanks de extra les van meneer Van Kleef. Het danste voor zijn ogen. Al die x'en en y's... Dat was toch belachelijk? Waarom konden ze niet gewoon met cijfers rekenen, net als vorig jaar?

Hoe moest hij dit leren? Van Kleef had gezegd dat hij de samenvatting moest snappen en kennen. De sommen uit het hoofdstuk kon hij nog eens maken als oefenstof.

Zuchtend sloeg hij de samenvattingpagina op. Hardop las hij de formules die daar stonden, steeds maar weer. Daarna legde hij zijn hand erop en hij probeerde uit zijn hoofd te herhalen wat er stond. Geen idee. Het was alsof zijn hoofd een zeef was.

Hij pakte een kladblaadje en hij schreef de formules erop. Met dat blaadje erbij maakte hij de oude opgaven nog een keer. Tot zijn verbazing ging dat eigenlijk heel goed. Zou dat komen doordat hij ze al eens gemaakt had, of zou hij het nu gewoon snappen?

Als hij morgen dat kladblaadje erbij kon houden, zou het geen enkel probleem zijn... Hij staarde naar het blaadje. En toen trof hem in één keer een vreselijke gedachte. Hij kon een spiekbriefje maken met de formules erop... Onwillekeurig schudde Jesse zijn hoofd. Nee, zo was hij niet. Maar nu de gedachte in zijn hoofd zat, ging die er niet meer uit. Steeds weer kwam het beeld van het spiekbriefje op, hoezeer hij ook aan iets anders probeerde te denken.

Als hij nu eens een héél klein briefje maakte? Hij pakte een kladblaadje en hij schreef de formules keurig onder elkaar. Daarna knipte hij het blaadje zo klein mogelijk. Kritisch bekeek hij het van een afstand, zoals een kunstenaar naar zijn schilderij keek. Nee. Te groot. Hij schreef de formules nog eens op, maar nu kleiner. Weer knipte hij het blaadje af en bekeek het. Nee. Nog steeds te groot.

Met zijn tong uit zijn mond schreef hij de formules nu zo klein als hij kon. Ze waren bijna onleesbaar nu. Hij knipte de randen van het blaadje af. Ja, zo was het goed. Met dichtgeknepen oogleden las hij de formules zorgvuldig. Hij kon het nog prima lezen, zo. Maar waar moest hij het laten? Het moest zo goed verstopt worden, dat Van Kleef er niets van zag. Los in zijn etui? Nee, dat was te riskant. Uiteindelijk besloot hij het in een ballpoint te verstoppen. Hij draaide de pen los en rolde het blaadje om de vulling. Nu schroefde hij de verstopplaats dicht. Onzichtbaar zo! Achter de rug van degene die voor hem zat, kon hij de pen onopvallend weer uit elkaar halen op het goede moment.

Hij pakte zijn agenda. Voor morgen moest hij ook nog een berg Frans maken. Dat ging hij nu maar doen.

Het eerste uur hadden ze meteen de wiskundetoets. Omdat het glad was, had Jesse niet zo hard kunnen fietsen als anders. Op het nippertje glipte hij het lokaal in. Van Kleef was de blaadjes voor de toets al aan het uitdelen.

'Ha, Jesse!' riep hij hem vriendelijk toe. 'Fijn dat je er toch nog bent. Je kunt de toets natuurlijk altijd inhalen, maar het is het prettigste om hem meteen mee te kunnen maken.'

Jesse schoof op zijn vaste plek bij wiskunde: de derde bank van achteren in de middelste rij naast Chris. Pas toen hij zat, merkte hij dat de plaats vóór hem leeg was.

'Is Vera er niet?' fluisterde hij paniekerig tegen Chris. Die keek hem verbaasd aan.

'Die had gisteren ook al griep. En ze was vanmorgen vast ook niet bij jullie fietsgroep.'

Stom! Jesse kon zich wel voor zijn hoofd slaan. Hij had het een nog geen moment met het ander in verband gebracht. Natuurlijk wist hij dat Vera ziek was, maar nu pas zag hij dat er vóór hem zo'n opvallend gat ontstond.

Gisteren bij het maken van zijn spiekbriefje had hij zich in gedachten achter de veilige rug van degene vóór hem verscholen. Maar dat dat uitgerekend Vera zou zijn... Niet aan gedacht. Het zou nu dus nog een hele kunst worden om het onopvallend uit zijn pen te wurmen.

'Alles van tafel behalve je pen,' zei Van Kleef en hij deelde het blad met de opgaves uit. Hier en daar klonk nog een zucht of een verschuivende stoel, maar toen werd het doodstil in het lokaal.

Jesse trok het blad naar zich toe en las de eerste opgave. Op dat moment verscheen het spiekbriefje zo helder in zijn gedachten, dat het leek alsof het vóór hem lag. Meteen wist hij welke formule hij hier moest toepassen.

Een beetje verrast door de vreemde gebeurtenis werkte hij rustig de opgave uit. Vervolgens las hij de volgende opgave en daarbij gebeurde precies hetzelfde. Hij werd er helemaal vrolijk van. Geweldig, zo'n spiekbriefje! Dit was wel de veiligste manier om het te gebruiken. Bijna grinnikend maakte hij de derde opgave.

Van Kleef schoof zijn stoel naar achteren en begon langzaam door het lokaal te wandelen met zijn handen op zijn rug. Af en toe bleef hij bij een leerling staan om het werk ervan te bekijken.

Toen hij bij Jesse was, vroeg hij fluisterend: 'Lukt het?' Hij was natuurlijk extra vriendelijk nadat hij in de steunles zo zijn best had gedaan.

Jesse keek op en knikte. Hij merkte dat hij breed glimlachte.

Meneer Van Kleef legde even zijn hand op zijn schouder.

'Fijn dat de steunles geholpen heeft!' Toen liep hij gelukkig weer door, anders had hij gezien dat Jesse bijna in de lach schoot. Hij moest eens weten!

Na de toets voelde Jesse zich beter dan hij in dagen gedaan had. Met de spiekbriefjespen in zijn broekzak ging hij naar de wc voordat het volgende uur begon. Toen hij de deur goed op slot had gedaan, haalde hij de pen uit elkaar. Het spiekbriefje zat nog keurig op zijn plaats. Nauwkeurig peuterde hij het eruit en bekeek het nog eens.

Grappig, het was alsof zijn hersens er een foto van hadden gemaakt. Het beeld in zijn hoofd was inderdaad precies hetzelfde als dat wat hij nu zag. Dat moest hij vaker doen, zo'n spiekbriefje maken. Alleen hoefde hij het niet meer zo ingewikkeld op te bergen en mee naar school te nemen. Het maken ervan was blijkbaar al genoeg.

Hij gooide het briefje in de wc en trok door.

Keurig waste hij zijn handen en liep de gang op voor de volgende les. Hij was er weer helemaal klaar voor!

Verbieden verboden

Ze stonden 's ochtends vroeg bij het tankstation in het donker met een stel op de rest te wachten. Isa rilde en dook diep met haar neus in haar sjaal. Het was koud. Nu het winter was, viel het fietsen haar zwaar. Vooral als het regende of waaide. Eén keer was ze onderuitgegaan, toen had ze helemaal niet in de gaten gehad dat het glad was. Ze had zich behoorlijk bezeerd toen.

'Zijn we er allemaal?' vroeg Jesse.

Die Jesse, dacht Isa. Hij was altijd degene die vroeg of ze er allemaal waren. Ze telde de groep kinderen om zich heen. Als ze met negen waren, konden ze vertrekken. Maar Lisa was er nog niet, en Kees ook niet.

Isa keek naar Jesses grote gestalte. Hij zag er niet uit of hij last had van de kou. Het zou wel schelen als je groot en stevig was, dacht ze. Jesse is leuk, dacht ze ook. Dat vond ze al een tijdje. Niet zo stoerdoenerig als de jongens uit haar klas. Die konden een kabaal maken, daar baalde ze wel eens van. Ze zaten altijd aan elkaar en onophoudelijk waren ze aan het geinen en stoeien, trekken en duwen. Bah, jóngens!

'We krijgen sneeuw vandaag!' zei Vera.

'Echt?' Isa veerde op uit haar sjaal. Dat zou leuk zijn! Ze keek omhoog, maar in het donker was er natuurlijk niets te zien van het wolkendek.

Kees was er inmiddels en daar kwam Lisa ook. Ze ging bij Isa staan. Zij tweeën fietsten nog altijd naast elkaar. Het startsein kwam van Vera: 'We kunnen!'

Het was een half uur fietsen. Ze waren vrolijk vandaag, en schreeuwerig. Dat verschilde van dag tot dag, andere keren legden ze zo goed als zwijgend de weg naar de stad af.

Het was nog altijd niet echt licht toen ze het plein op reden. 'Niet op het plein fietsen!' werd hun toegeroepen door een leraar die bij het hek stond. Ze wisten best dat die regel bestond, maar het was niet eerder gebeurd dat daar iemand stond om hen erop te wijzen. 'Afstappen!'

Ze deden braaf wat hun gevraagd was en liepen met de fiets aan de hand naar het fietsenhok. Zoals iedere dag hadden ze nog wel even tijd om in de kantine op te warmen voor het eerste lesuur begon. Het was het enige moment op school dat Isa nog met de kinderen van haar oude groep acht doorbracht, op Lisa na dan. In de pauzes stond Isa meestal bij de kinderen van haar eigen klas.

De eerste bel maakte dat ze in beweging kwamen, elk naar hun eigen lokaal. De uitgelaten stemming zat er nog steeds in. Ook klas 1c was drukker dan normaal. Isa had het gevoel dat ze ergens op wachtten, op iets leuks of zo, zoals ze vroeger in afwachting was van de komst van Sinterklaas. Daarom had ze meer moeite dan anders om zich op de les te concentreren.

Nu werd hun klas sowieso drukker. Net of ze meer durfden. Ze deden wel eens andere dingen onder de les, stiekem huiswerk maken, sms'en of briefjes naar elkaar schrijven, en ze kletsten ook meer.

Toen de bel voor de eerste pauze ging, leek dat wel het startsein voor een wedstrijd. Ze propten hun boeken en schriften in hun rugzakken, dromden het lokaal uit en renden over de gang richting kantine.

'Ja hoor, piepers! Hebben ze het nu nog niet afgeleerd? Niet rennen, brugjes!' hoorde Isa in het voorbijgaan een paar lange lummels zeggen. Daar luisterden ze dus niet naar.

Maar verderop stond een leraar: 'Ho, ho! Rustig aan! Niet rennen!'

Ze schakelden een versnelling terug en liepen snelwandelend verder. In de kantine was het al zo druk, dat het Isa ineens tegenstond. Vooral omdat ze niet zo groot was, had ze een beetje moeite met die kantine vol lijven.

'Zullen we vast naar boven gaan?' stelde ze voor. 'Dan gaan we in de gang bij wiskunde zitten.'

Daar, vlak na de klapdeuren, lieten ze zich op de grond zakken met hun rug tegen de verwarming. Nog lekker warm ook!

Maar hun geluk duurde niet lang. Van Kleef kwam eraan.

'Wat doen jullie hier? Je mag hier niet zitten, meiden. Gaan jullie naar beneden?'

'Maar meneer, het is zo vol in de kantine!' protesteerde Isa.

'En wij hebben straks wiskunde van u, dan moeten wij hier toch zijn!' voegde Rachida eraan toe.

Maar Van Kleef was onverbiddelijk. 'Sorry meiden, het is verboden om in de pauze in de gang te zitten. Moven!'

Nog tegensputterend liepen Isa en Rachida met de leraar mee naar beneden. Voor de tweede pauze hadden ze een andere oplossing bedacht. Ze trokken hun jassen aan en gingen naar buiten, een blokje om naar het winkelcentrum. Isa had geld bij zich. Konden ze mooi wat lekkers kopen.

Maar er hing een briefje op de deur van de super: 'Verboden

voor leerlingen tussen 10.50 en 11.05 uur en tussen 12.45 en 13.10 uur.'

'Nou ja! Wat is dit!' zei Rachida.

'Wat stom! Mag er niks meer tegenwoordig?' Ook Isa was verontwaardigd.

'Willen ze niks verdienen of zo?' vroeg Rachida zich af.

Maar Isa had wel een idee. Er kwamen te veel leerlingen in de pauzes in de supermarkt en wat kochten ze? Een zak chips of een zakje snoep en één blikje cola. Of ze jatten dat. Die veroorzaakten meer overlast in de winkel dan dat men er wat op verdiende.

Rachida haalde een pakje kauwgum uit haar jaszak. 'Kijk, ik heb dit nog.'

Ze liepen terug. Heel voorzichtig begon het te sneeuwen.

'Yes!' juichte Isa. 'Vera had gelijk!'

Er waren meer kinderen deze pauze naar buiten gegaan. Zeker ook vanwege de beginnende sneeuw. Op het plein zagen ze een aantal van hun klasgenoten ergens naar kijken. Nieuwsgierig liepen ze ernaartoe. Een stel jongens was aan het stoeien. Of was het vechten? Het ging er wel heel serieus aan toe. Dat lokte natuurlijk ook de surveillerende leraren. Die braken de kring open en bevalen de jongens uit elkaar te gaan. 'Niet vechten!' riep een leraar die Isa niet kende met een zware stem.

'Wat is hier aan de hand?' vroeg de ander.

De kemphanen stonden tegenover elkaar en moesten hun verhaal doen, maar Rachida trok Isa weg. 'Kom mee, jongensgedoe, niet interessant.'

Het zette door, de sneeuw. Het volgende lesuur, Engels, kon

Isa haar ogen niet van dat prachtige dwarrelen afhouden. Ze vergat dat ze voorzichtig moest zijn met de kauwgum in haar mond.

'Isa!' klonk het algauw. 'Géén kauwgum in de klas! In de prullenbak ermee!'

Het was een sport om het zo lang mogelijk in je mond te houden vóór je betrapt werd. Nu had ze te opvallend haar kaken bewogen. Ze stond op om naar de prullenbak te gaan. Tijdens het lopen voelde ze weer dat ze naar de wc moest. Had ze net in de pauze moeten doen natuurlijk, maar toen had ze geen tijd. Kon ze het nog een uur ophouden?

'Mag ik wel even naar de wc, mevrouw?' vroeg ze toen ze haar kauwgum uitgespuugd had. Ze stond nu toch al bij de deur.

'Nee, niet nu, de pauze is net geweest. Ga zitten, Isa.'

Isa trok een gezicht. 'Ik was het vergeten en zo lang houd ik het niet uit!'

'Daar moet je dan maar op tijd aan denken!'

Mevrouw Tilborg bleef weigeren en dus ging Isa maar weer zitten. Ook nu was het onrustig in de klas en de waarschuwingen waren niet van de lucht.

'Niet drinken! Doe die flesjes eens weg! Jongens, de pauze is voorbij!'

'Niet samenwerken! Je moet deze oefening zelf maken, het is géén groepswerk, dames en heren.'

'Niet praten! Klas 1c, ga stil aan het werk. Niet praten!'

Het laatste uur hadden ze een s.o. Nederlands. Onverwachts. Maar de sneeuw trok Isa's blik.

'Niet spieken, Isa, ogen op je eigen blaadje!'

Verontwaardigd keek Isa meneer De Waal aan. 'Ik keek helemaal niet af, meneer! Ik keek naar buiten!'

'Ik kan niet zien waar jij je blik op richt. Opzij kijken is een verdachte richting,' was het antwoord van de leraar.

Isa haalde geïrriteerd haar schouders op. Niet dit, niet dat! Wat mocht er nog wél?

'Je hoort aan het werk te zijn,' voegde De Waal eraan toe.

Ja, dat was het enige wat mocht in deze school: werken!

Maar aan al het werk kwam een eind. De verlossende bel joeg hen naar buiten en niemand die riep: niet rennen! Er lag nu echt een pak sneeuw! Eindelijk! Als een stel jonge honden dat te lang binnen is gehouden, dolden ze door de sneeuw. Daar vloog de eerste sneeuwbal door de lucht. De hele klas deed mee.

Pats! Raak! Pats! Yes!

Daar kwamen Lisa, Vera, Jesse en de rest van 1b naar buiten. Klas tegen klas werd dat! Isa's wangen gloeiden van opwinding. Ze schepte de sneeuw met blote handen, maar voelde geen kou.

Rachida trok aan Isa's mouw. Kijk, wees ze.

Een aantal van hun leraren kwam naar buiten. Van Kleef, van wie ze niet in de gang mochten zitten, Tilborg van het kauwgum- en het wc-verbod en De Waal, die dacht dat ze spiekte, waren erbij.

Wie was er begonnen? Later zou Isa dat niet kunnen bedenken, maar ineens waren ze met zijn allen de leraren aan het bekogelen. Samen met klas 1b. En als Van Kleef, De Waal en Tilborg en hun collega's het nu maar sportief hadden opgevat en sneeuwballen terug hadden gegooid, waren ze er niet zo lang mee doorgegaan. Maar nu deden ze dat wel en de leraren gingen terug de school in om een veilig moment af te wachten.

Wauw! Ze konden de leraren tegenhouden met hun sneeuwballen!

Uitgelaten lachten ze naar elkaar. Dit was kicken! Ze werden steeds fanatieker. Leerlingen lieten ze door, met slechts een enkele sneeuwbal in hun nek of tegen hun rug, de leraren niet. De dappere man of vrouw die de school probeerde te verlaten kon rekenen op een stevig salvo van sneeuwballen.

Ineens liepen er toch leraren achter hen het plein af.

'Hé kijk, ze ontsnappen via de achterdeur!' werd er geroepen.

'Kom op, 1b, wij gaan daarheen!'

Zo verspreidden ze zich, maar toen kwam de rector zelf voor de deur staan, veilig achter glas, met twee opgeheven handen.

'Geen sneeuwballen! Geen sneeuwballen!' Ze konden zien dat zijn lippen die woorden vormden. Ze konden het ook horen nadat hij de deur op een kier opendeed. 'Geen sneeuwballen! Verboden sneeuwballen te gooien!'

Hij kwam naar buiten. Een enkeling durfde nog te gooien, maar er werd niet meer raak gegooid. Te riskant.

Nu was het voor iedereen verstaanbaar. 'Als het zo moet, dan komt er een algemeen verbod. Geen sneeuwballen gooien! Begrepen? Geen sneeuwballen!'

Hij wuifde dat ze weg moesten gaan. Mopperend verspreidden ze zich. Nog één eenzame sneeuwbal vloog door de lucht.

Isa was boos. Ze begon te foeteren: 'Geen sneeuwballen! Niet rennen! Niet praten! Niet naar de wc! Niet op de gang! Niet kauwgummen! We mogen niks! Alles is verboden! Dat verbieden moest verboden worden!' Isa stampte eens flink in de sneeuw.

Lisa sloeg troostend haar arm om haar heen. 'Die leraren hebben gewoon geen gevoel voor humor,' zei ze. 'Weet je wat je wel mag? Door de sneeuw naar huis ploeteren. Dus spaar je energie!'

Een baaldag

Vera stond kwaad voor de spiegel die morgen. Haar gezicht stond op vijf voor half zeven. Ze had gewoon zomaar de pest in. Dit werd een dag van balen, zwaar balen, van shit en supershit. Ze voelde zich zo chagrijnig als een konijn op maandag, al had ze nog nooit een konijn op maandag ontmoet. In ieder geval wist ze het al van tevoren: het zou vandaag niet meer goed komen.

Dat had Vera de laatste tijd wel vaker, zo'n vaag dreinerig gevoel dat haar iets dwarszat en ze niet goed wist wat dat eigenlijk was. Dan had ze opeens nergens meer zin in, geen zin in school, maar ook geen zin om iets leuks te doen, geen zin in lachen en zelfs geen zin in huilen. Dan wou ze alleen maar hangen op de bank of niksen op haar kamertje. Soms overkwam haar dat, daar begon ze niks tegen.

Toen ze eenmaal met tegenzin op school was, was het al meteen raak. Berkman, haar leraar Nederlands, begon weer te zeuren over haar werkstuk. Ze had het al moeten inleveren, maar nu moest hij het toch binnen 24 uur van haar hebben, anders zou ze sowieso een dikke onvoldoende krijgen. Nou, dat zou moeilijk worden, want ze had er nog niets aan gedaan.

'Ja, dan leer je zelfstandig werken,' zei Berkman.

Nou ja zeg, zelfstandig werken, daar had ze helemaal niet om gevraagd! Dat hoefde van haar helemaal niet. Vera had als onderwerp 'Carry Slee' genomen en dat mocht, al was het dan zogenaamd geen echte literatuur. Maar dat maakte Vera niets uit.

Ze had haar boek *Spijt* gelezen en dat vond ze erg mooi en hartstikke zielig. Daarom was het toch gewoon een goed boek? Het ging over een jongen die op school zo erg gepest werd dat hij er zelfmoord van ging plegen. Kippenvel met tranen had zij ervan gekregen, echt waar. Wat kon zij er anders van zeggen dan dat ze het heus heel erg vond en dat pesten megastom is? Maar nee hoor, je moest uitzoeken wanneer Carry Slee geboren was en 'hoe haar ontwikkeling als schrijfster was geweest'. Wat had dat er nou mee te maken? Als zij een boek gaaf vond, dan was het toch ook gaaf? Punt uit.

In de pauze zat ze alleen aan een formicatafeltje voor zich uit te staren. Ze wilde nu met niemand iets te maken hebben. Ze had het even helemaal gehad. Toen de bel ging, nam ze opeens een stevig besluit: deze meid gaat vandaag toevallig niet meer aan deze rotschool meedoen. Deze meid piept er lekker tussenuit. Deze meid gaat mooi pleiten, weg uit deze troep. Net goed. Ze snoof haar neus op, haalde diep adem en stapte naar de fietsenstalling zonder op of om te kijken.

Ze tilde haar fiets uit het rek en ging ervandoor. Het maakte haar niet uit waar ze heen ging, als het maar ver van die kloteschool was. Vera trapte stevig door alsof ze bang was dat ze nog zou worden teruggehaald.

Ze nam de eerste de beste weg linksaf en reed zodoende het park in. Eigenlijk mocht je daar volgens de bordjes niet fietsen, maar ze had nu geen zin om zich aan bordjes of regeltjes te houden. Toch moest ze opeens heftig afremmen, want er trippelden een heleboel duiven op het pad. Ze belde nog wel, maar daar trokken die slome vogels zich niets van aan.

Aan de kant van de weg zat een oud dametje op een bank duiven te voeren. Ze had een veel te grote zwarte hoed op.

'Ja ja, ja ja,' lachte ze. 'Uitkijken voor overstekend wild hier, hoor. Ja ja, ze kennen me wel, de duifjes. Nietwaar, jongens? Ja ja, kom maar bij tante Sofie. Ja ja, van de gemeente mag ik jullie niet voeren, maar ik doe het toch. Ik laat me niet bepiepelen door regeltjes van meneer de burgemeester, daar ben ik te oud voor. Zo is het maar net. Vind je ook niet, kind?'

Vera stond het zo eens aan te kijken en vond dat vrouwtje tamelijk grappig.

'Zeker, mevrouw Sofie,' zei ze. 'Is het hier iedere dag zo druk met duiven en zo?'

'Sinds mijn man dood is wel,' zei tante Sofie. 'Ik kom hier al jaren met mijn voer. Ja ja, je moet toch wat als je alleen bent, dus die beestjes zijn blij toe.'

In de verte kwam een oud mannetje aangelopen met grijze piekharen die alle kanten op stonden. Hij had een lange wijde legerjas aan. Hij liep voortdurend in zichzelf te mompelen en te mopperen.

'Klerezooi,' hoorde Vera hem zeggen. 'Het is allemaal één grote klerezooi in dit klerepark met al die klereduiven. Wat moet je toch met die krengen van beesten, Sofie? Dat pikt maar en dat poept maar en zo brengen ze enge klereziektes mee! Jazeker, duiven zijn de ratten van de lucht en zo is dat. Afmaken die handel. Het is toch allemaal één grote klerezooi!'

'Gaat het een beetje, Henk?' vroeg tante Sofie vriendelijk. 'Doe je wel voorzichtig?'

Het mannetje Henk grijnsde breeduit tegen haar. Hij zei nog één keer 'klerezooi' en daarna schuifelde hij vloekend en scheldend verder.

'Ach ja, die Henk,' zei tante Sofie tegen Vera. 'Hij heeft geloof ik een oogje op mij. Geef hem eens ongelijk. Maar hij heeft geen schijn van kans, daar is hij te chagrijnig voor. Moet jij trouwens zo langzamerhand niet eens op school aan?' vroeg ze opeens. Vera schrok en tante Sofie zag dat.

'Ja ja,' zei ze, 'ik zag het wel aan je ogen toen je aan kwam fietsen. Jij bent aan de spijbel. Geeft niet, moet kunnen, kan gebeuren. Iedereen heeft recht op een rotdag, net als Henk, al maakt die wel van iedere dag een rotdag. Dat vind ik een beetje overdreven.'

Vera voelde zich betrapt maar toch moest ze lachen om die grappige mevrouw, tante Sofie.

'Ik, eh... moet maar weer eens verder... Ik bedoel...' hakkelde ze. 'Ik moet nog wat doen, in verband met mijn werkstuk. Over Carry Slee, begrijpt u? Ja. Dus. Dan ga ik maar. Doei!'

Vlug fietste ze weg. De duiven koerden toen ze omkeek. Tante Sofie wuifde haar na.

Ali C.

Als vanzelf kwam Vera in de buurt van het winkelcentrum. En omdat het begon te motregenen ging ze de droge Hema maar eens in.

Binnen was niet veel te beleven, zo op een doordeweekse dag. De verkoopsters leunden verveeld tegen de schappen, keken aandachtig naar hun nagellak en kwebbelden wat met elkaar.

Vera keek wat wezenloos om zich heen, toen ze opeens bij de afdeling snoep een joch zag dat bezig was met jatten. Hij had een grote puntzak vol geelroze spekkies gepakt en stak die gauw onder zijn zwartleren jack. Hij keek even snel om zich heen en zag Vera staan kijken, maar hij trok zich niets van haar aan.

'Wat sta je nou te kijken?' zei hij brutaal tegen haar. 'Heb ik soms wat van je aan of zo?'

Hij had best een leuk gezicht met felle donkere ogen en zwart stekeltjeshaar.

'Is dat wel goed wat je aan het doen bent?' vroeg Vera maar eens.

'Bemoei je er niet mee!' riep hij. 'Als jij zo nodig een spekkie moet, jat je het zelf maar.'

Vera zei niets meer. Ze pakte resoluut de puntzak onder zijn jack vandaan en stak die bij zich.

'Hier met die puntzak, zak,' beet ze hem toe.

'Jij bent zelf een puntmuts, muts!' schreeuwde hij. 'Dat is mijn snoep!'

Een van de verkoopsters kwam op het lawaai af.

'Kan ik misschien ergens mee helpen?' vroeg ze slijmerig.

'Bemoei je er niet mee, ik ben namelijk met deze dame hier in gesprek,' zei de jongen.

Vera vond dat wel om te lachen, maar de verkoopster vertrouwde het niet helemaal.

'Zeg eens, bijdehandje,' zei ze. 'Je bent hier toch geen snoep aan het stelen? Daar houden wij hier helemaal niet van.'

'Ik een dief?' riep de jongen. Hij hield zijn jack open. 'Zie ik er als een dief uit? Niet toch? Nou dan!'

Het lukte hem om onschuldig te kijken. Maar de verkoopster trapte er niet in.

'Ik ken jou langer dan vandaag,' zei ze. 'Dus oprotten jij, wegwezen jij. Nu!'

Nog voor hij kwaad kon worden, pakte Vera hem bij de arm en nam hem mee. Bij de kassa haalde ze de zak spekkies tevoorschijn, legde die op de lopende band en betaalde hem.

'Zo doe je dat dus,' zei ze toen ze buiten stonden. 'Ik begin langzamerhand honger te krijgen. Zullen we alles samen op dat muurtje daar gaan opeten?'

Er was daar een speelterreintje met een klimrek dat er verlaten bij stond, nu alle kinderen op school zaten – behalve zij tweeën dan.

'Moet jij niet op school zijn vandaag?' vroeg Vera.

'Moet je horen wie het zegt,' zei de jongen. Daar had Vera niet van terug. Ze waren duidelijk collega-spijbelaars, dat begreep ze wel.

'Weet ik veel,' ging hij door. 'Ik had nou eenmaal de smoor in. Nou, dan heb je de behoefte om snoep te vreten.' Hij pakte nog een spekkie en ging met volle mond verder. 'Ik heb gewoon mijn Cito-toets verknald. En nou moet ik naar het vmbo. En nou is mijn vader kwaad omdat ik niet genoeg mijn best heb gedaan, zegt hij. Want hij wil dat ik advocaat word, met een vette Mercedes, maar daar moet je vwo voor hebben. Voor mij hoeft dat niet, advocaat worden, hoor. Ik vind het al mooi zat om alleen maar een doodgewone astronaut te worden. Dat moet toch kunnen?'

'Dan wórd je toch astronaut?' troostte Vera hem. 'Je moet niet worden wat je ouders willen, maar wat je zelf wil. Een astronaut moet toch kunnen sleutelen aan zijn ruimteschip? Nou, dat leer je op het vmbo en niet op het vwo volgens mij.'

Even keek ze hem aan. Deze jongen zou dus volgend jaar al een brugpieper zijn. Dat had ze helemaal niet van hem gedacht. Maar ze herinnerde zich nu van groep acht dat de jongens in haar klas toen ook allemaal kleiner waren dan de meisjes. Lang geleden was dat eigenlijk, de basisschool.

'Als ik je nou vertel dat ik Vera ben,' zei ze, 'hoe heet jij dan?'

'Ik ben Ali B.,' zei de jongen. 'Wist je dat niet?'

'Ik geloof er niks van,' zei Vera.

'Nou goed, dan heet ik Ali C.,' zei hij. 'Maakt mij niet uit.'

Ze aten zwijgend de laatste spekkies op. Ali C. probeerde het in elkaar gefrommelde zakje in de vuilnisbak te mikken. Mis. De tweede keer lukte het hem wel. Vera applaudisseerde. In de verte kwam een dikkige knul aangeslenterd, baseballpetje met de klep naar achteren, Ajax T-shirt en afgezakte spijkerbroek. Hij bekeek ze toen hij dichterbij was, bleef wijdbeens voor ze staan en riep ten slotte naar Vera: 'Hallo schatje, ga je lekker?'

'Wie is dat?' vroeg Ali C. jaloers.

'Ik zou het bij god niet weten,' mompelde Vera. 'Laten we maar een beetje gaan moven.'

Ze liepen weg en stapten stevig door zonder om te kijken. Maar die knul kwam toch achter ze aan.

En toen hij vlakbij was, kneep hij Vera zomaar in haar billen!

Razendsnel draaide zij zich om. 'Handjes thuis, klootzak!' riep ze.

'Waarom zou ik?' vroeg die knul met een grote grijns.

'Het zijn míjn billen,' riep ze. 'Die zijn voor afblijven!'

Nu ging Ali C. zich er ook mee bemoeien.

'Blijf jij wel even van mijn verloofde af,' zei hij dreigend. 'Kijk uit hoor, nog één woord en ik ruk die rotkop van je lijf.'

'Wat nou?' zei de knul.

Ali C. schopte tegen zijn schenen, zo hard als hij kon.

'Effe dimmen jij, onderdeurtje!' riep de knul. Maar hij liep wél weg.

'Oef!' zuchtte Vera. 'Bedankt zeg.'

'Graag gedaan,' zei Ali C. alleen maar.

'Ik bedoel meer...' zei Vera. 'Ik heb nog nooit een echte man gehad die voor mij opkwam of zo. Jij bent de eerste, al ben je meer een jongetje dan een man.'

'Ach ja, zo gaan die dingen,' mompelde Ali C. verlegen. 'Logisch toch?'

Lachend gaf ze hem zomaar opeens een zoen op zijn wang.

Hij veegde hem meteen weg.

'Nou, dan ga ik maar eens op huis aan,' zei hij. 'Doei, see you!'

Hij liep het pleintje af en zwaaide nog eenmaal over zijn schouder, zonder om te kijken.

'Jij ook dikke doei!' riep Vera hem na.

Langzaam fietste ze naar huis. Onderweg moest ze telkens grinniken over de dingen die ze die dag had meegemaakt. Ze was er helemaal door opgekikkerd, en voelde zich niet chagrijnig meer.

Op het matje

'Zo, ben je daar?' zei haar moeder toen Vera thuiskwam. 'Hoe was het op school?'

'Ging wel,' zei Vera maar.

'Ze belden op van school,' zei haar moeder terwijl ze haar glas thee hard op de keukentafel zette. 'Ze vroegen zich af waar je was. Waar was je dan? Ik begon me al ongerust te maken.'

Vera kreeg een kop als vuur. Ze was er gloeiend bij.

'Nou?' vroeg haar moeder streng. 'Waar was je?'

Vera dacht even aan haar avonturen van de afgelopen dag en moest glimlachen. Maar het ging verder niemand iets aan wat er nu zo grappig aan was.

'Dat gaat je geen donder aan,' flapte ze eruit. Ze kon het niet helpen. Ze had niets schandaligs gedaan, niets waarvoor ze zich hoefde te schamen, maar dit was nu eenmaal iets wat ze voor zichzelf wou houden.

Haar moeder deed erg haar best om niet te laten merken dat ze kwaad was. Dat kon je wel aan haar zien.

Ze moesten in ieder geval diezelfde middag nog naar school voor een gesprek met Wissel. Over 'haar functioneren op het Max Havelaar' nog wel. Dat had hij tenminste gezegd. Ze gingen er meteen met de bus naartoe.

Onderweg bleef haar moeder maar vragen over haar gespijbel en Vera hield koppig haar mond.

Max Havelaar lag er intussen verlaten bij. Er was geen mens

meer in de school behalve de conciërge en een enkele schoonmaker.

Wissel ontving ze in een kamertje waar Vera nog niet eerder was geweest. Er hing een vergeelde poster van de Eiffeltoren aan de muur en er stond een plastic nepplantje in de vensterbank. Vera's moeder hield haar jas aan, dus deed Vera dat ook. In de klas mocht je nooit je jas aanhouden, maar nu zaten ze daar zo aan een formicatafel tegenover Wissel te wachten op wat hij zeggen zou.

Hij legde keurig uit dat op een school als het Max Havelaar spijbelgedrag absoluut niet getolereerd werd. Als het regelmatig gebeurde, konden de ouders erop worden aangesproken, zei hij. De onderwijsinspectie kon erop afgestuurd worden en dat kon boetes kosten. In het uiterste geval kon de leerling geschorst worden.

Vera's moeder schrok er duidelijk van en was erg onder de indruk, maar Vera was het opgevallen dat Wissel bij al zijn strenge praatjes toch heel aardig bleef kijken. Alsof hij het niet echt meende.

Ze begreep ook niet goed waarom hij zo serieus deed over een beetje gespijbel. Goed, ze wist best dat het niet mocht en als je stout was geweest moest je straf krijgen, nablijven of strafregels schrijven of zoiets. Zo was ze het op de basisschool gewend, dus zo hoorde het. Waarom moest iedereen dan nu opeens zo moeilijk doen?

Haar moeder wilde net een heel verhaal ophangen over hoe onmogelijk Vera soms kon doen, maar Wissel kapte dat af. Hij wilde van Vera zelf horen wat er aan de hand was.

'Eerlijk gezegd vind ik jou helemaal niet iemand die zomaar

van school wegloopt,' zei hij vriendelijk. 'Je bent anders altijd gewoon een prima meid. Was er misschien iets speciaals waardoor je het niet meer zag zitten?'

'Ja, goh, daar vraagt u zowat,' begon Vera en Wissel moest lachen, haar moeder ook. Vera begreep niet wat daar nou aan te lachen was.

'Nou ja,' ging ze geïrriteerd verder. 'Berkman zat ook de hele tijd maar te zeiken, ik bedoel te zeuren, ik bedoel te vragen over dat stomme werkstuk over Carry Slee. En ik weet niet hoe dat moet, ik weet van zoveel niet hoe dat moet. Daar word ik zo droevig van. Daarom ben ik ertussenuit geknepen. Ik kon er gewoon niet meer tegenop, al dat gedoe. Ik weet het gewoon niet allemaal meer. Ik weet niks meer.'

En toen kon het Vera opeens helemaal niets meer schelen. Ze flapte er alles uit wat haar al die tijd dwars had gezeten. Ze vertelde over haar onzekerheid iedere dag als ze de school binnenging. Over hoe moeilijk ze het vond om erbij te horen als de anderen in de pauze grapjes stonden te maken. Over hoe ze zich soms buitengesloten voelde en hoe moeilijk het was om de weg te vinden op school, over dat ze meestal niet onder woorden kon brengen hoe ze zich voelde. Over alles eigenlijk praatte ze maar door.

Alleen over tante Sofie en Ali C. vertelde ze niets. Dat was privé, vond ze.

Ten slotte hield ze op, wat ze kwijt wilde was ze kwijt. Op is op.

Wissel keek Vera's moeder eens aan, kuchte even en zei: 'Het is me nu wel duidelijk, dacht ik zo. Wat jij hebt, komt wel vaker voor, zelfs op het Max Havelaar. Iedereen heeft wel eens zo'n depri gevoel op school, laat je dat een troost zijn. Dat gaat gelukkig meestal wel weer over, maar ik kan best begrijpen dat je zo nu en dan een zogenaamde baaldag nodig hebt. Nee echt, daar kan ik best inkomen. Daarom wil ik je spijbelen voor één keer door de vingers zien, op voorwaarde dat je me belooft dat je er geen gewoonte van maakt. Hier wilde ik het voorlopig even bij laten, tenzij mevrouw hier nog iets aan toe te voegen heeft?'

Vera's moeder was zo te zien allang blij dat dit met zo'n sisser was afgelopen. 'Nee, nee, 't is al goed,' mompelde ze alleen maar.

Ze namen afscheid en gaven Wissel allebei een hand, iets wat Vera in de klas nooit van zijn leven zou doen.

In de bus terug zei Vera's moeder: 'Bij ons op de hoek heb je die lunchroomzaak. Weet je dat ze daar hele lekkere mokkapunten hebben? Daar ga ik er nou eens lekker een van nemen. Jij ook? Je hebt het misschien niet verdiend, maar je bent er wel aan toe.'

Ik haat je!

'Isa, ga je zo met je huiswerk beginnen?'

Isa zat achter de computer te msn'en. Zonder haar moeder aan te kijken bromde ze: 'Ja, straks.'

Haar moeder zei niets terug, maar liep ook niet door. Reden dus om een blik achterom te werpen. Ze stond naar Isa te kijken met de wasmand vol strijkgoed in haar handen. Daarna keek Isa weer naar het computerscherm wat Rachida haar had geschreven.

'Ik dacht dat ik had gezegd,' zei haar moeder langzaam, 'dat jij vanaf vandaag op vaste tijden je huiswerk zou gaan maken. 's Middags om half vijf en 's avonds om zeven uur ga jij naar boven. En het is nu half vijf.'

'Dat heb je gezegd, ja,' zei Isa met haar rug nog steeds naar haar moeder gekeerd. Ze typte een kort antwoord en drukte op de entertoets. Ze was eigenlijk nog niet zover dat ze al naar boven kon. Ze had gedanst vanmiddag na school, inhaalles streetdance, en ze moest toch ook even chillen. 'Maar doe ik dat ook?'

'En waarom zou je dat niet doen?'

Isa kon de irritatie in haar moeders stem horen. Nou, zij ergerde zich óók dood aan die eeuwig terugkerende vraag. Ga je zo huiswerk maken, Isa? Dat was geen vraag, dat was een bevel! En bevelen kregen ze op school al genoeg. Doe dit. Doe dat.

O, een antwoord van Rachida. Snel typte Isa iets terug.

'En daarna ga ik je overhoren. Isa, ik praat tegen je!' Haar moeder klonk boos nu. 'Hou even op met typen!'

'En ik was met Rachida aan het praten. Je hebt me zelf geleerd dat het onbeleefd is om een gesprek te onderbreken.'

De wasmand werd met een bons op de grond gezet. 'Niet zo brutaal! En draai eens naar mij toe met je gezicht. We hadden het over je huiswerk. We hebben het daar gisteren over gehad.'

'Jij hebt iets tegen mij gezegd, ja,' zei Isa, terwijl ze zich omdraaide. 'Je hebt een nieuwe regel verzonnen waar ik het niet mee eens was.'

Haar moeder stond met haar handen in haar zij, haar benen uit elkaar, in wat Isa de aanvalshouding noemde.

'We beginnen de discussie niet opnieuw!' hoorde Isa haar moeder bits zeggen. 'Je gaat anderhalf uur per dag huiswerk maken. Dat is een heel normale tijd. En wij gaan overhoren! Dat gebeurt gewoon! Anders zul jij een niveau zakken en dat willen we niet.'

Isa haalde haar schouders op. Ze zat lang genoeg in de brugklas om te weten dat dat niet zo'n vaart zou lopen. En haar overgangsrapport was nog een eind weg. Tijd genoeg om de onvoldoendes op te halen.

'Waarom werk jij eigenlijk niet de hele week?' vroeg ze plotseling aan haar moeder. 'Dan heb je geen tijd om mij zo op de nek te zitten! Het is *mijn* school en *mijn* huiswerk en dus *mijn* verantwoordelijkheid!' Isa hoorde best dat ze snauwde, maar ze had er zo genoeg van!

Haar moeder zakte nu door één heup en zei: 'Omdat ik niet wil dat mijn kinderen elke middag alleen thuis zitten. Daarom. En ik wil betrokken blijven bij wat jullie doen en wat die...'

'En dat kan niet als je tot zes uur werkt?' onderbrak Isa haar moeder.

'En wat die verantwoordelijkheid betreft...' begon haar moeder weer.

'Mam, wij zijn geen kleine kinderen meer!' zei Isa snel.

'Daar gaat het niet om. Je vader en ik...'

Maar Isa was haar weer voor. 'Wij redden ons echt wel hoor! Marije is ook al elf.'

'Laat me uitpraten! Het gaat om die verantwoordelijkheid! Jij hebt de laatste weken laten zien dat je niet aan het werk komt. Je stelt maar uit en je stelt maar uit! Hoeveel tijd besteed jij nu helemaal aan je huiswerk? Een half uur per dag? Dat is veel te weinig. En je komt met onvoldoendes thuis! Logisch als je al je tijd besteedt aan msn'en en tv-kijken. Vandaar dat ik er wil zijn om je aan het werk te sturen.'

Isa schoot overeind en ging voor haar moeder staan. 'O, dus daarom ben je thuis. Om mij aan het werk te sturen! Politie-agentje spelen. Nou, wat een geweldige moeder heb ik!'

Stom mens! Isa liep terug naar de computer en typte: 'ruzie. kga.'

Ondertussen zei ze: 'Ik haal die onvoldoendes heus wel op, hoor!'

'Ja juist, politieagentje. Dat heb je goed gezegd. Zo voel ik me inderdaad.' Haar moeder ging steeds harder praten. 'Isa, ruim je kamer op! Isa, zet je schooltas niet midden in de kamer waar we er allemaal over struikelen. Isa, hang je jas op de kapstok. Isa, doe je gymkleren in de was. Isa, ga huiswerk maken. Isa, éérst vragen voor je iets lekkers uit de kast pakt. En een keertje de tafel afruimen is ook al te veel gevraagd. Alles moet ik je vragen, echt álles!'

Isa had verbijsterd naar de opsomming geluisterd terwijl ze de computer afsloot. Nu liep ze langs haar moeder en schreeuwde: 'Ik wil het zelf doen! Ik wil niet steeds dat gezeur aan mijn kop. Stom mens, ik haat je! Ik háát je!'

Isa rende de kamer uit, stampte de trap op en knalde de deur van haar kamer hard dicht. Ze zette een cd op en draaide de volumeknop helemaal open. In haar hoofd ging het nog een tijdje door: ik haat je! Ik háát je!

Dat mens was in staat haar humeur totaal te doen omslaan. Was ze in een superlekkere bui van streetdance thuisgekomen, ging ze in een vet relaxte stemming met Rachida chatten, was dat alles zomaar verdwenen en omgezet in kwaaiigheid. Ze balde haar handen tot vuisten, kneep haar ogen stijf dicht en spande al haar spieren. Mens, ik haat je! Ik haat je...

Die woorden werden trager en zachter en kwamen uiteindelijk tot bedaren. Isa stond nog steeds midden in haar kamer en concentreerde zich op de muziek. Langzaam ontspande ze. Handen los, gezicht ontspannen, schouders laten hangen, armen uitschudden, heupen losjes. Maar buik- en bilspieren trok ze aan, ze maakte zich lang.

Puh, het mocht wat. Als ze nu nog even had kunnen kletsen en bijkomen van school en trainen, dan had ze heus wel haar tas gepakt om in diezelfde relaxte stemming haar schoolwerk te maken.

Ze deed een paar van haar rekoefeningen. Het was niet de eerste keer dat ze zo tegen haar moeder had staan schreeuwen.

Nou ja, het was haar eigen schuld! Moest ze maar niet zo stom doen. Isa boog voorover, raakte met haar neus haar knieën. Bleef even zo staan.

Maar ja.

Ze kwam omhoog, rolde haar wervelkolom af en strekte zich uit, op haar tenen. Ze wiebelde een klein beetje. Zij deed misschien ook wel stom. Want het was niet handig om te weinig aan je huiswerk te doen, dat wist ze best.

Maar ja.

Daarna boog ze met gestrekte armen en rechte rug naar voren. Waarom ze zo lelijk deed, wist ze niet. Ze wist wel vaker niet waarom ze iets deed. Brutaal zijn in de klas, schreeuwen tegen haar moeder, Marije afkatten, niet met je huiswerk beginnen.

Maar ja.

Isa boog met haar bovenlichaam naar rechts en naar links. Ze was aan het veranderen. Vroeger had ze altijd een goed humeur. Nu wisselde dat zomaar van het ene moment op het andere, ook zonder dat het iemands schuld was. En in andere dingen was ze ook anders aan het worden. Neem nou Jesse. Vroeger zou ze nooit één gedachte aan een jongen wijden. En nu... Ze dacht vaak aan hem.

Het was gek, net of je jezelf opnieuw moest leren kennen...

Ze ging op de grond zitten met één been gestrekt voor en één been achter. Zachtjes veerde ze een paar keer en boog toen door tot spagaat. Zo bleef ze zitten. Maar je moest het wel doen, dat huiswerk, dat snapte ze zelf ook wel. Maar níét omdat haar moeder het zei. Nee, omdat ze het zelf wilde. En wilde ze het?

Ja, ze wilde over naar de tweede, en ze wilde ook graag vmbo-t blijven doen.

Weet je wat? Dat moest ze toch maar tegen haar moeder gaan zeggen. Isa kwam overeind, schudde haar spieren los, draaide de muziek zachter en ging de gang op. Halverwege de trap kwam ze haar moeder tegen.

'Sorry,' zeiden ze tegelijkertijd. Toen moesten ze allebei lachen.

'Ik moet erg aan mijn puberdochter wennen,' zei haar moeder.

'En ik moet aan jou als pubermoeder wennen,' merkte Isa eigenwijs op. 'Vroeger was je leuker.'

'Jij ook!'

Weer lachten ze.

'Mam?' zei Isa. 'Eerst luisteren, dan iets zeggen! Ja? Ik weet wel dat je geen nieuwe discussie wil, maar kunnen we jouw nieuwe regel omzetten in iets anders?'

'Wat dan?'

'Ik beloof lang genoeg te werken en erg mijn best te doen. Maar dan wil ik zelf bepalen wanneer ik aan mijn huiswerk ga.'

'En ik mag je zeker niet meer aan het werk sturen.'

'Nee. En overhoren wil ik ook niet. Jullie moeten me vertrouwen dat het goed komt.'

'Op proef dan! Laat maar zien dat je je verantwoordelijkheid kunt nemen.'

Isa vloog haar moeder om de hals. 'Lief! Misschien ben je toch wel de liefste moeder van de wereld.'

Ze stonden nog steeds halverwege die trap. Haar moeder

streek licht met haar vingers langs Isa's wang. 'Ja, ja!'

'Nou,' zei Isa, 'dan ga ik maar eens aan mijn huiswerk.'

'Goed idee,' zei haar moeder en liep de trap weer af.

Een eigen mening

Iedereen had het erover die ochtend. Het had zelfs in de krant gestaan. Dennis had die krant ook meegenomen en liet hem aan iedereen zien. Het was ook niet niks. Meestal hoor je over dingen die gebeuren in Amsterdam, Rotterdam of Den Haag, maar nu ging het over iets dat hier in de buurt was gebeurd. Dat was wel erg dichtbij.

Wat was er nu aan de hand? In het winkelcentrum in West waren rellen gewest. Het was ermee begonnen dat een stel knullen in zwartleren jacks aan het klieren was. Ze hadden daarbij een meisje met een hoofddoek lastiggevallen, en een paar Marokkaantjes uit de buurt pikten dat niet. Toen was het uit de hand gelopen, en een ruit van Blokker was daarbij gesneuveld.

Het eerste uur hadden ze Berkman. Hij merkte wel dat er onrust in de klas was en hij begreep ook waarom. Daarom zei hij: 'Dat overhoren gaat vandaag niet door. In plaats daarvan wil ik het met jullie hebben over wat er in de krant heeft gestaan, over die rellen hier in de buurt. Ik wil wel eens weten of jullie een eigen mening kunnen formuleren. Dat hoort tenslotte ook bij Nederlands. Wie mag ik als eerste het woord geven?'

Het werd erg stil in de klas.

Wat zullen we nou krijgen? dacht Vera. Je komt toch niet op school om je mening te geven? Je gaat alleen naar school om voldoendes te halen.

Gelukkig had Dennis er geen moeite mee om zijn mond open te doen. Hij had altijd al een grote mond, dus dit kon er ook nog wel bij.

'Belachelijk gewoon!' riep hij, terwijl hij met de krant zwaaide. 'Altijd moeten ze ons hebben, altijd worden wij Hollanders over één kam gescheerd. En waarom? Omdat wij zwarte jekkies dragen zeker. Kunnen wij het helpen dat die jekkies ons goed staan? Heel wat beter als hun in ieder geval.'

Triomfantelijk keek hij de klas rond. Hij had zelf een zwartleren jack met metalen knopen en hij was er zuinig op. Hij hing hem nooit aan de kapstok, maar hield hem zo veel mogelijk bij zich. Nu ook weer.

'Die meiden vragen er toch ook om,' ging hij doodleuk verder. 'Zo'n stomme hoofddoek van zo'n stomme meid staat toch gewoon stom? Maar daar mag je niets van zeggen, terwijl ik geeneens mijn cap in de klas mag dragen!'

Vera dacht aan Rachida en haar hoofddoek. Dit werd haar toch langzamerhand te gortig.

'Denkt iedereen hier in de klas er zo over?' vroeg Berkman intussen.

Aarzelend stak Vera haar hand op. Ze was helemaal niet van plan geweest om zich met de discussie te bemoeien, maar dit kon ze niet over haar kant laten gaan.

'Die hoofddoek van Rachida uit de andere klas is prachtig,' zei ze, 'en hij staat haar goed. Bovendien betekent het voor haar veel meer dan dat malle petje voor jou betekent.'

'Mijn cap is mijn vrije meningsuiting, toevallig,' zei Dennis verontwaardigd.

'Daarom draag je dat ding zeker altijd achterstevoren,' zei

Vera maar. Iedereen moest daarom lachen, ook Berkman. Maar Dennis liet het er niet bij zitten. 'Ach, schei toch uit,' zei hij. 'Weet je wat het is, die rot-Marokkaantjes gaan altijd meteen beuken omdat ze zich beledigd voelen. In plaats als dat hun zich aanpassen aan ons. Hun moeten gewoon normaal doen.' Het gebeurde wel vaker dat Dennis expres plat ging praten als hij zich opwond.

'Wat is dat, "normaal"?' vroeg Vera.

'Nou, ik,' zei Dennis. 'Ik ben normaal en hun zijn niet zoals ik, dus zij zijn niet normaal. Laat ze anders teruggaan naar hun eigen land of eerst behoorlijk Nederlands leren, dat kan ik altijd nog beter als hun.'

'Het is: "beter dan zij",' verbeterde Vera hem. 'Jij moet eens behoorlijk Nederlands leren.'

'Mag ik soms gewoon zeggen wat ik denk?' zei Dennis. 'Daar heb ik toch recht op? Niet dan? Nou dan.'

'Als jij wilt zeggen wat je denkt, moet je wel eerst nadenken voor je wat zegt,' zei Vera beslist.

Hier had Dennis niet van terug. De hele klas zat hem vierkant uit te lachen.

Na afloop van de les kwam Berkman naar Vera toe. 'Bedankt,' zei hij.

Verbaasd keek zij hem aan. Bedankt? Waarvoor bedankt? dacht ze.

'Ik was het helemaal met je eens,' legde hij uit. 'Maar als jij het zegt trekt Dennis zich dat meer aan dan wanneer een oude vent als ik het zeg. Het is heel belangrijk dat meisjes zoals jij ook voor hun mening uit durven komen. Echt waar, dat meen ik.'

Vera was er helemaal beduusd van, maar ze glom ook van trots. Zij was dus een meid met een mening, iemand om rekening mee te houden!

Een blauwe bult in de struiken

Fijn, ze hadden vandaag voor het eerst sinds maanden weer gym op het veld. Jesse had er zin in. De hele dag in die duffe lokalen terwijl buiten de zon scheen... Na Frans hadden ze eerst pauze en daarna zouden ze met zijn allen doorfietsen naar het veld.

Chris was ziek vandaag en Jesse liep in zijn eentje naar buiten. Hij wandelde naar de grote vijver die vlak achter de school lag. De zon schitterde in het water en Jesse haalde diep adem. Voorjaar! Wat kon hij daar altijd van genieten. Een moedereend zwom met een heleboel kleintjes vlak langs de kant. Dat die al zo vroeg te zien waren!

Jesse bleef staan en tuurde de waterkant af om te zien hoeveel het er nou precies waren. Ineens zag hij een blauwe bult tussen de struiken. De bult bewoog en ging rechtop staan. Het was dikke Jaap.

'Wat doe jij hier nou?' flapte Jesse eruit.

Jaap haalde zijn schouders op en werd rood. 'Nou... gewoon.'

Jesse vond het niet gewoon en hij wist even niets te zeggen.

Blijkbaar vond Jaap het zelf ook niet zo gewoon, want hij besloot om het Jesse uit te leggen.

'Ik heb een hekel aan gym. Helemaal aan gym op het veld. Dus ik dacht: ik ga gewoon niet. Ik wou me hier verstoppen.'

Verbaasd keek Jesse hem aan. Een hekel aan gym? Daar kon hij zich niets bij voorstellen. En om je dan hier in de bosjes te verstoppen, dat sloeg echt nergens op! Maar dat zei hij niet. Hij had dit jaar wel geleerd dat je je soms eenzaam en naar kon voelen. En Jaap had dat blijkbaar op andere momenten dan hij.

'Waarom heb je een hekel aan gym?' Jesse probeerde het ongeloof uit zijn stem weg te laten.

'Eerst moeten we altijd drie rondjes om het veld. Ik houd er niet eens één vol. Dus dan roept iedereen weer: "Hé dikke, loop toch eens door." Of: "Papzak, moeten we je soms slepen?" Dat vind ik verschrikkelijk. Ik weet wel dat ik dik ben, maar dan hoeven ze nog niet zo lullig tegen me te doen.' Jaaps stem sloeg over. 'Daarna gaan we voetballen of hockeyen of iets anders doms met een bal. En ik weet al precies hoe dat gaat. Berendsen wijst er twee aan en die mogen dan hun teams samenstellen. Die twee kiezen mij nooit, wie het ook zijn. Op het laatst ben ik alleen over en dan gaat iedereen ruziemaken wie mij moet nemen. En daar heb ik geen zin in. Ik doe net zo lief niet mee.'

Jaap vertelde het in één adem en hij werd er nog roder van. Daarna keek hij naar de grond, alsof Jesse hem zou gaan slaan. Jesse was er stil van. Ineens kon hij zich goed voorstellen dat gym niet leuk was voor Jaap. Als hij mocht kiezen, nam hij ook nooit Jaap. Dat was zo'n slome. Hij miste alle ballen, of het nou bij handbal was in de zaal of bij hockey op het veld.

'Jij mist ook alle ballen,' verdedigde Jesse zich zwakjes.

'Dat weet ik!' Jaap schreeuwde nu. 'Ik word al zenuwachtig als ik een bal zie. Op jullie gezichten zie ik wat er gaat gebeuren. Zodra een bal bij mij in de buurt komt, gaan jullie al ontzettend balen. O néé, straks mist die sukkel hem weer. Dat helpt niet echt, kan ik je verzekeren!'

Nu was het Jesses beurt om een kleur te krijgen. Jaap had ge-lijk. Zo reageerden ze allemaal, zonder uitzondering. Logisch dat hij daar zenuwachtig van werd.

'Sorry,' zei hij toen zachtjes. 'Ik snap nu ineens hoe erg dat voor je moet zijn. Ik heb er eerder gewoon niet aan gedacht.' Jaap keek op. Er was even iets van verwondering in zijn ge-zicht te zien. Maar meteen daarna keek hij weer net zo boos en verdrietig als eerder.

'Mooi. Ik blijf nu gewoon hier, en jij zegt tegen niemand dat je mij gezien hebt.'

Hij draaide zich om en liep met zekere pas de bosjes weer in. Dat zag er ineens ontzettend grappig uit.

'Ah joh,' zei Jesse. 'Doe niet zo gek. Twee uur hier zitten helpt niks. Het wordt er alleen maar erger van.' Hij zweeg even. Hij had geen idee hoe het probleem van Jaap opgelost kon worden. Maar die draaide zich hoopvol om, alsof hij verwachtte dat Jes-se met de gouden vondst zou komen.

'Ik beloof dat ik nooit meer iets stoms tegen je zal roepen. En als je de bal krijgt, zal ik ook niet meer vervelend doen. De rest van de klas kan ik niet veranderen, maar misschien kan ik er wel wat van zeggen als ik iets merk. Zullen we samen naar gym fietsen?' Jesse keek op zijn horloge. 'De pauze is al bijna voor-bij.'

Tot zijn opluchting knikte Jaap. Hij stapte de bosjes weer uit en zwijgend liepen ze naar de fietsenstalling. Jesse voelde zich ineens ontzettend verlegen. Zo vaak voerde hij niet een serieus gesprek met een klasgenoot. Hoe moest je daarna dan weer ge-woon doen?

Jaap doorbrak de stilte. 'Nu denk je natuurlijk dat je voortaan mijn vriend moet zijn. Dat hoeft niet hoor. Maar ik vind het wel fijn om nu met je naar gym te fietsen.'

In de kleedkamer schreeuwde iedereen door elkaar. De meeste jongens hadden zin om te gymmen. Jesse hing zijn tas op een haak naast die van Jaap en trok zijn gymkleren aan. Toen Jaap zijn T-shirt uit zijn tas haalde, riep Jorg: 'Leuke nieuwe tent, Jaap! Kun je vast nog harder mee lopen.'

'Houd je kop!' grauwde Jesse. Voor het eerst voelde hij wat Jaap nu moest doormaken. 'Wij zeggen ook niets over dat gezwel op je neus.'

Overdonderd greep Jorg naar zijn neus. Daar groeide inderdaad een roodgloeiende pukkel en daar was hij vast niet blij mee.

Het was ineens doodstil in de kleedkamer. Jesse had met zijn opmerking de normale gang van zaken doorbroken. Nog nooit was er iemand voor Jaap opgekomen. Jesse had niet verwacht dat het zo'n effect zou hebben als hij één keer zo uit de hoek zou komen. Makkelijk eigenlijk!

Berendsen stond aan de rand van het veld op hen te wachten. Tegelijk met de jongens kwamen de meisjes uit de kleedkamers. Op een kluitje bleven ze naar de gymleraar staan kijken.

'Drie rondjes om het veld!' riep Berendsen.

'Wat is die man voorspelbaar,' hoorde Jesse ergens uit de meisjesgelederen komen.

De club zette zich in beweging. Een paar snelle jongens sprintten weg. De meesten daarvan zaten op voetbal en hadden dus conditie. Normaal gesproken liep Jesse met hen mee, maar vandaag besloot hij bij de grote groep te blijven.

Hij merkte dat Jaap daar ook zijn best voor deed. Anders bleef die al heel snel achter, maar nu rende hij hijgend achter aan de grote groep. Een stel meisjes verminderde tempo en bleef nu zelfs achter Jaap. Zodra ze bij de bosjes kwamen, gingen ze lopen. Daar kon Berendsen hen namelijk niet zien. 'Blijf hetzelfde tempo houden!' riep Jesse. 'Dat is makkelijker. Als je straks weer moet beginnen hard te lopen, lukt het je nooit meer.' Dat had hij op voetbal geleerd.

'Fijn, zo'n coach,' hijgde Jaap, maar toch hield hij zich aan Jesses advies.

Hij hield vol tot en met het tweede rondje, veel langer dan anders. Met het groepje meisjes liep hij het laatste stuk, maar gek genoeg zei niemand er iets van. Misschien had Jesses opmerking in de kleedkamer indruk gemaakt.

Hijgend en puffend verzamelde de klas zich rond Berendsen na het hardlopen. Die had ondertussen de hockeyspullen klaargezet. Rotsticks, vond Jesse het. Ze leken meer van kauwgum dan van hout, zo vaak waren de breuken getaped.

'We gaan hockeyen,' zei Berendsen volledig ten overvloede, want dat had iedereen natuurlijk al gezien.

'Jesse en Jorg kiezen de teams. Jesse mag beginnen.'

Jesse keek naar zijn klasgenoten. Een paar meiden stonden elkaar te duwen. Die letten helemaal niet op wat er gebeurde. De jongens die op voetbal zaten keken zelfverzekerd in zijn richting. Zij waren altijd degenen die het eerst gekozen werden. Jaap staarde naar een punt in de verte, alsof het hem allemaal niets kon schelen. Maar sinds vanmiddag wist Jesse beter.

'Jaap!' riep hij. Een verbaasd gemompel ging door de klas. De meiden hielden ineens op met duwen en keken met open mond naar Jesse. Jorg hapte naar lucht, alsof hij iets wilde zeggen. Toen Jesse heel opvallend aan zijn neus krabbelde, slikte hij zijn woorden in.

'Jelmer,' riep hij toen.

Jaap stapte met opgeheven hoofd naar Jesse. Hij rechtte zijn schouders en hij ging naast Jesse staan alsof hij zijn bodyguard was. Grappig. Zo leek het net alsof ze een ijzersterk team zouden vormen.

'Dennis,' riep Jesse en vanaf dat moment had niemand het meer over zijn eerdere keuze. Voor hij de volgende riep, keek hij nog even naar Jaap. Die keek een stuk opgewekter dan eerder.

Zo moeilijk was het niet om iemand een plezier te doen. En het gaf hem zelf nog een goed gevoel ook!

Tussenuur

Isa was op weg naar lokaal 105. Het was druk in de gang en zoals altijd kreeg ze er een beetje een benauwd gevoel van. Maar ze wist dat ze goed rechtop moest lopen en iedereen gewoon moest aankijken bij het passeren, dan kreeg ze de ruimte. Nu keek ze om nog een andere reden om zich heen. Altijd hoopte ze Jesse even te zien. Gewoon, omdat ze daar een blij gevoel van kreeg. Nu had ze wel een probleem. Omdat ze niet zo lang was, kon ze niet goed over de leerlingen die van het ene naar het andere lokaal liepen heen kijken. Daar stond tegenover dat Jesse zo groot was dat hij overal bovenuit stak. Vandaag had ze weinig geluk: ze had hem nog niet gezien. Ook nu niet. Met een zucht liep Isa het lokaal Engels binnen. Ze ging naast Claudia op haar plaats zitten en pakte vast haar boeken uit haar tas. Het was rumoerig om haar heen. Nu pas viel het Isa op dat de lerares er nog niet was.

'Is Tilborg er niet?' vroeg ze aan Claudia. Maar die wist niet meer dan Isa.

Isa deed de dopjes van haar mp3-speler in haar oren en sloeg haar lesboek Engels open. Zo kon ze haar woordjes nog een keer overkijken. Maar ze kon haar aandacht er niet goed bijhouden. Zou Jesse ziek zijn? vroeg ze zich af. Om haar heen werd druk gekletst en de jongens begonnen algauw heen en weer te lopen en aan elkaar te trekken en te duwen en te stoeien.

Isa keek op. Nog steeds geen Tilborg?

'We gaan, jongens!' werd er al geroepen.

'Nee, wacht! Misschien komt ze nog.' Jorg stond bij de deur en keek de gang in.

Verschillende kinderen pakten hun tas weer in.

'Staat ze op de monitor?' vroeg Kees.

'Ik ga wel even kijken!' Jorg sprintte weg, de gang in richting trappenhuis waar een van de monitoren hing met mededelingen. Even later was hij terug. 'Tilborg is ziek!' schalde hij als een echte omroeper het lokaal in.

De klas juichte. Isa stopte haar lesboek weer in haar rugzak en liep met Rachida en Claudia naar de kantine. Daar zat ook 1b! Onmiddellijk zocht Isa's blik Jesse, die met zijn rug naar haar toe met Chris aan een tafel zat. Gelukkig, hij was dus niet ziek.

'Ies!' hoorde ze roepen. Dat was Lisa. Isa kon linksom en rechtsom naar het tafeltje waar zij zat. Die keus was niet moeilijk. Ze maakte zich lang, stak haar borst vooruit, trok haar buikspieren aan en danste naar Lisa toe. Vanuit haar ooghoeken keek ze wat Jesse aan het doen was. Geschiedenis, ze herkende de bladzijde. Ze zei niks, want hij mocht eens denken... Maar hij keek toch op. En glimlachte.

Hij glimlachte naar haar! Isa kreeg het er warm van. Snel liep ze door, stel dat hij haar rode wangen zou zien...

Een beetje buiten adem maar helemaal gelukkig liet Isa zich naast Lisa op een stoel zakken. 'Hai,' zei ze.

'Ook vrij?' vroeg Lisa.

'Ja, Tilborg is er niet. En jullie?'

'Berkman viel uit.'

'Nou, lekker! Tussenuur.'

'Hé, moet je horen wat er gisteren is gebeurd.' Lisa begon een enthousiast verhaal over haar wekelijkse oppasavond. Isa zat tegenover Lisa, maar als ze langs haar keek, kon ze Jesse nog net zien. Hij was best stoer, vond ze, en ze hield van stoer. Jesse voetbalde. Ze was een keer naar hem wezen kijken. Leuk was dat. Hij was goed. Hij was fanatiek. Hij denderde het veld over. Zoals die jongen kon rennen, dat had ze niet achter hem gezocht. Hij had zelfs gescoord. Ze was toen best trots geweest. Gek, dat je trots kon zijn omdat iemand anders iets goed deed.

'Hé, je luistert helemaal niet!' Lisa's verontwaardigde stem haalde haar van het voetbalveld naar de kantine van het Max Havelaar.

'Hè? Wat?'

Ineens drong het tot Isa door dat Lisa al die tijd tegen haar praatte. Waarover ook alweer?

'Leuk zeg, maar niet heus. Vertel ik je wat, luister je niet! Waar zat jij met je gedachten?'

Eh... waar zij met haar gedachten zat? Wat had ze net gedacht? Isa wist het eigenlijk zelf niet meer. Overal en nergens. Dat had ze de laatste tijd wel vaker, dat haar gedachten zomaar wat rondzwierven door haar hoofd.

'Eh... Geen idee,' zei ze dan ook.

'Je weet toch wel waar je aan denkt?' vroeg Lisa nu verbaasd.

'Eh... nou, eigenlijk niet.'

Lisa veerde op. 'Dat is dan typisch een geval van verliefd!' constateerde ze opgetogen.

'Eh? Wat?' zei Isa weer.

'Verliefd, je weet wel, smoor, tot over je oren, verkikkerd, dat je een jongen dus hééél errug leuk vindt.'

'Ik denk eerder een typisch geval van concentratiestoornis,' verdedigde Isa zich. 'Ik wíl wel naar je luisteren, maar ik doe het niet. Ja, jeetje, nu ik het zeg, ik heb er in de klas ook last van. Ik kan me dus op het ogenblik echt niet concentreren op de les. Hebben ze ons daar niet ook op getest aan het begin van het schooljaar? Gek, toen had ik er zeker nog geen last van.'

Lisa boog zich vertrouwelijk voorover. 'Kom op! Niet zo flauw. Wie is het?'

Isa zuchtte.

'Ja!' riep Lisa. 'Het bewijs! Je gaat ervan zuchten, van verliefd.'

'En wat nog meer?' vroeg Isa nieuwsgierig.

Lisa ging er eens goed voor zitten. 'Nou, je denkt dus steeds aan hem. School en vriendinnen doen er niet meer toe, wat voor interessant verhaal ze ook te vertellen hebben. Alleen hij is belangrijk. Je wilt steeds in zijn buurt zijn en als je hem ziet...' Lisa's stem schoot omhoog, maar ze ging verder op een toon die aangaf dat het toch wel heel ernstig was: 'dan ga je blozen en je hart gaat als een razende tekeer.'

Het klopte allemaal, dacht Isa, maar ze had geen zin het met haar vriendin te delen. Lisa vond vooral jongens uit de tweede leuk en Isa kon het niet hebben als Lisa zou gaan lachen of kritiek zou hebben op haar keuze. En bovendien... Lisa vond dan natuurlijk dat ze iets moest doen. Dan zou ze vast elke keer als ze elkaar zagen informeren of ze al verkering had gevraagd.

En verkering... Ja, jeetje, dat was ook zoiets. Isa wist helemaal niet of ze dat wel wilde. Nou ja, ze bedoelde... Goh, ze vond Jesse dus al een tijd heel leuk, en ze hoopte altijd maar dat ze hem even zag of dat ze – per ongeluk toevallig hoor! – een keer naast elkaar konden fietsen op weg naar huis. Maar verkering...

Lisa zat haar nog steeds verwachtingsvol aan te kijken. 'Vertel nou! Ik ga het echt niet doorvertellen hoor, als je dat soms denkt.'

'Nee,' zei Isa, 'dat denk ik niet.' Hoe kon ze dit nu op een logische manier verklaren?

'Vertel je het niet? Dan zit er niets anders op.' Lisa griste met een snelle beweging Isa's agenda naar zich toe. 'Zijn naam staat er vast in. Dat doe je namelijk ook als je verliefd bent.'

Isa reageerde wel, maar niet snel genoeg. Lisa had haar agenda te pakken. Ach, ze zou er niks in vinden. Ze wist veel te goed dat je geen geheimen in je agenda moest schrijven, want hij werd altijd wel een keer afgepakt. Zij trok op haar beurt Lisa's agenda naar zich toe en deed die open. Toevallig bij het lesrooster. Hé, dat is handig! Isa's blik dwaalde over de rijen met uren en lokalen. Ze wist voor een deel Lisa's lesrooster uit haar hoofd, maar niet alles. En in welke lokalen ze zaten, wist ze al helemaal niet. En Lisa's lesrooster was Jesses lesrooster.

In de tijd dat Lisa op zoek was naar de naam die ze toch niet kon vinden, bekeek Isa het lokalenrooster van Lisa. Nu wist ze precies waar ze Jesse kon verwachten bij elke leswisseling. En als ze wilde, kon ze een omweg maken!

Rare kriebels

Het eind van het schooljaar was in zicht. En Jesse telde de dagen tot het eindelijk zover was. Hij was zo moe!

En dan ook nog die boekbespreking... Net na de kerstvakantie had Berkman een lijstje gemaakt waarop stond wie er wanneer een moest houden. Jesse was als laatste aan de beurt: in de week voor de proefwerkweek. Toen vond hij dat uitstel geweldig, maar nu zat hij met de gebakken peren. Afschuwelijk. Hij had het idee dat zijn hersens vol watten zaten. Hoe zou hij nog een serieus verhaal kunnen houden over een boek?

Jesse besloot meteen na schooltijd naar de bieb in het dorp te fietsen. Hij had nog geen idee over welk boek hij het moest doen. Kees en de rest gingen nog even de stad in, dus hij moest alleen fietsen.

'Hé, wacht even!' Hijgend kwam Isa aanrennen. 'Ik ga ook naar huis. Zullen we samen fietsen?'

'Ha Isa!' Jesse was verrast haar te zien. Hij had toch echt gedacht dat ze met de anderen mee zou gaan... Hij voelde een vreemd kriebeltje in zijn buik. Gelukkig merkte Isa daar niets van, want ze kletste honderduit.

Zodra Jesse zijn kriebeltje had weggeduwd, begon hij over zijn boekbespreking.

'Ik heb het voor me uitgeschoven, en nu heb ik nog maar een paar dagen. Zo stom! Ik weet niet eens welk boek ik zal doen. En alle boeken zijn al geweest, dat is het nadeel van de laatste zijn.'

'Ik weet een leuk boek,' zei Isa. 'Ik heb het net gelezen. Van Karel Eykman. *Link* heet het. Het gaat over drie jongeren in Utrecht. Ze raken bijna op het slechte pad. Echt heel spannend en geen meidenboek. En het is ook niet zo dik.'

Weer voelde Jesse zo'n vreemde kriebel. Hij haalde diep adem. Het zou wel door het weer komen. De zon scheen en ze fietsten net door een straat met bloeiende bomen die heerlijk roken. Misschien kreeg je daar wel van die rare kriebels van.

'Ik heb het trouwens in mijn tas,' zei Isa. 'Ik wou het net terugbrengen. Als je wilt, kun je het gelijk meenemen. Dan hoef je niet eerst naar de bieb. Ik moet het volgende week vrijdag pas inleveren, dus dan heb je nog tijd genoeg.'

'Goed idee!' Jesses stem piepte raar en daar schrok hij zelf van. Dat deed zijn stem wel vaker de laatste tijd.

Hij keek opzij naar Isa, maar die merkte er zo te zien niets van.

Bij het tankstation stopten ze. Dan kon Isa het boek uit haar tas halen. Jesse pakte het van haar aan en even raakte haar hand de zijne. Weer een gekke kriebel. Misschien werd hij wel ziek.

'Bedankt, Isa! Tot morgen!' Jesse zwaaide zijn been over zijn zadel en fietste weg. Hij betrapte zich erop dat hij extra recht op zijn fiets zat om groter te lijken. Wat deed hij toch belachelijk ineens!

Hij duwde met zijn wiel het tuinhek open en kwakte zijn fiets tegen de compostbak. Misschien ging hij straks nog weg. Zijn moeder was nog niet thuis, want de keukendeur zat op slot. Bij binnenkomst liet hij zijn tas en zijn jas op de mat vallen en hij schopte zijn schoenen uit. Hij viste het boek van Isa uit zijn tas. Meteen maar beginnen. Hij schonk een glas sap in en zocht een plekje op de bank. Hij sloeg het boek open en hij begon te lezen.

Na een tijdje merkte hij dat hij al een hele poos naar de eerste bladzij zat te staren, zonder dat hij een woord gelezen had. Hij dacht aan Isa! Belachelijk. Hij kende Isa al vanaf groep 6, dus er was geen enkele reden om zo uitgebreid over haar na te denken, zei hij tegen zichzelf.

Hij dwong zijn ogen naar de letters van de eerste regel. *Joep en Ricky waren elke dag wel op deze plek te vinden.* Gekke naam, Ricky. Zo langzamerhand raakte hij in het verhaal en raakte Isa op de achtergrond. Dat voelde een stuk rustiger.

Na een uur lezen besloot hij informatie over de schrijver op internet te gaan zoeken. Dat moest toch en dat was een goede afwisseling voor het lezen.

Grappig, er was een basisschool naar Karel Eykman vernoemd. Serieus typte hij alle informatie die hij vond over in Word. Hij kon natuurlijk wel kopiëren, maar dan waren het niet zijn eigen woorden. En daar kon Berkman zo verschrikkelijk over drammen. Jesse meldde zich tussendoor aan op MSN. Niet dat hij nou echt ging kletsen, maar zo miste hij geen belangrijke mededelingen.

Er plopte een mededeling van Isa op het scherm. 'Ben je al in het boek begonnen?' Jesse kreeg het er warm van. 'Ja, best spannend. Kga nu weer verder lezen.'

'As je nog info nodig hebt... kwil best helpen.'

'Kben al heel ver, maar bedankt!'

Met een warm hoofd ging Jesse weer naar de bank. Verwarrend allemaal!

Drie dagen later was het zover. Jesse had zijn boekbespreking. Hij had het boek in zijn tas en een blaadje met belangrijke punten. Van Berkman mochten ze hun boekbespreking niet uitschrijven. Vlak voordat hij het lokaal in ging, botste hij tegen Isa op.

'Sterkte zo meteen,' zei ze. En meteen voelde Jesse die rare kriebel weer. Hij werd er zo langzamerhand gek van. Chris trok hem mee het lokaal in. Meneer Berkman begon de les keurig op tijd.

'Jesse, jongen, grijp je kans.' Berkman stapte opzij om plaats te maken voor Jesse. Die legde zijn blaadje op het bureau van meneer Berkman en het boek legde hij ernaast.

'Ik ga mijn boekbespreking houden over Link van Karel Eykman.' Jesse hield het boek omhoog en liet het aan de klas zien. Moeiteloos vertelde hij waar het over ging, en over het leven en werk van meneer Eykman. Ten slotte gaf hij zijn eigen mening over het boek.

'Zijn er nog vragen?' Jesse keek de klas rond.

'Zit er geen verliefdheid in het boek?' Deze vraag kwam van Berkman. 'Eykman schrijft bij mijn weten graag over ontluikende verliefdheid.'

Jesse kreeg een hoofd als een boei. Wat was dat nou voor een rare vraag! Stug schudde hij zijn hoofd. 'Nee, helemaal niet.'

'Hoe kwam je erop om dit boek te kiezen?' Vera keek onschuldig, maar Jesse had het gevoel alsof ze er alles van wist.

'Nou gewoon. Leek me een leuk boek.' Hij ging het de klas niet aan hun neus hangen. Echt niet.

'Verder nog vragen?' Toen de klas stil bleef, liep Jesse weer terug naar zijn plek.

'Goed gedaan, Jesse.' Berkman ging weer achter zijn bureau zitten. 'Je hebt het voordeel dat je al heel veel voorbeelden gezien hebt, maar het nadeel dat veel populaire boeken al geweest zijn. Je krijgt een 8.' Berkman schreef het cijfer in zijn agenda.

Weer voelde Jesse zijn wangen warm worden, maar dit keer snapte hij heel goed hoe het kwam. Zo'n hoog cijfer had lang niet iedereen gehaald!

Na de les was het pauze. Chris trakteerde hem op een flesje cola om te vieren dat hij zo'n goed cijfer had. Jesse stak het flesje in de lucht om te proosten. Zijn arm ging langzamer omhoog en hij merkte dat er een hand op lag. Een kleine hand. Isa.

'Hoe ging het?'

'Ik had een 8!' Hij glom van trots. 'Ik zal je je boek straks teruggeven.'

'Gefeliciteerd!' zei Isa. Ze stak haar duim omhoog en liep door. Jesse nam een slok van zijn cola.

Heerlijk! Nog een paar weken en dan was het vakantie!

Ka-doem ka-doem

Isa wist al weken wat ze aan zou trekken op het eindfeest. Toevallig was ze ertegenaan gelopen toen ze een paar weken geleden met Lisa de stad in was: een prachtig kort donkerrood vestje met glimmende draadjes en kraaltjes erin geweven dat ze met koorden rondom haar middel kon knopen. Haar glanzend roze topje stond er mooi onder, en ze combineerde het met haar spijkerrokje en met twee verschillende roze sokken. Dat vond ze dus leuk. Grapje. Ze had zelfs een nieuwe riem in de goede kleuren gevonden.

Dat vestje had ze expres nog niet aangehad naar school. Best moeilijk om het zo lang in de kast te laten hangen, maar het was gelukt.

Nu droeg ze het voor het eerst en ze keurde het resultaat in de spiegel. Doordat het vestje om haar lijf heen geknoopt zat, leken haar borsten groter dan ze waren. Misschien was ze daarover nog het meest tevreden. Het stukje bloot tussen vest en rokje was net breed genoeg.

Isa vlocht een roze bandje door haar haar en tot slot maakte ze zich een beetje op. Zo, ze was er klaar voor!

Ze liep naar beneden. Daar liet ze zich bewonderen door haar moeder en Marije die samen op de bank tv zaten te kijken. Ze zag de jaloerse blik van Marije wel: die wilde ook zo graag groot zijn. Ze zuchtte ervan.

'Jouw beurt komt nog wel,' troostte haar moeder Marije met

een aai over haar hoofd. 'Na de vakantie ga jij naar groep acht en dan is het al bijna zover dat je naar de middelbare school gaat.' Isa strekte haar rug bij die woorden. Na de vakantie was zij tweedeklasser! Goh, de brugklas zat er zowat op! Vanavond eindfeest, maandag sportdag en dan hadden ze de hele rest van de week vrij! De week erop hoefden ze alleen boeken in te leveren en hun rapport op te halen. Wat was dit jaar voorbijgevlogen!

Isa keek op haar horloge. 'Ik ga!' riep ze uit.

'Veel plezier, meid,' zei haar moeder. 'En niet alleen terugfietsten, hè?'

'Ja-ha, dat heb je al drie keer gezegd!' Dacht haar moeder nou echt dat ze dát zou doen? Ze zou niet eens durven! Moeders moesten er wat meer op vertrouwen dat hun dochters echt geen domme dingen deden. Isa keek wel uit!

'Nou, doei!'

Geïrriteerd liep Isa de kamer uit, naar de schuur, en sprong op haar fiets. Het was nu droog, gelukkig. Net had het nog flink geregend en ze was al bang voor haar haar geweest. Ze racete naar het tankstation, waar ze als eerste aankwam. Die haast sloeg nergens op, maar ze was de hele dag al onrustig. En ze wist best waardoor...

Ze keek eens om zich heen. Het was een vertrouwde plek omdat ze altijd hier op elkaar stonden te wachten, een schooljaar lang nu al. Het tankstation, de bomen langs de kant van de weg, de rij huizen erachter. Isa snoof eens diep. Het rook naar zomeravond, naar vrijheid en naar gelukkig zijn.

En toen zag ze Jesse. Isa voelde haar stem bibberen toen ze hem begroette.

'Ha Jesse! Goeie broek!' Die kende ze niet, zou ook wel nieuw zijn.

Hij ging naast haar staan en stamelde af en toe een zinnetje. Hij leek niet erg op zijn gemak. Verder keek hij zo... Ze wist niet goed hoe ze het moest omschrijven. Maar het belangrijkste was dat het niet zo moeilijk was om te zeggen: 'Zal ik naast jou fietsen?' toen alle anderen er ook waren. Die maakten lawaai voor de hele groep. Zou het opvallen dat zij niet veel praatten? Stom eigenlijk, daar had ze anders nooit zo'n last van. Je kent elkaar al ik weet niet hoe lang en toch weet je niks te zeggen. Ze glimlachten wel steeds naar elkaar. Isa moest ook steeds diep ademhalen. En de hele weg van hun dorp naar school bleef het naar hooi en naar zomer en naar geluk ruiken.

'Ruik je het?' kon ze niet nalaten te zeggen.

Jesse begreep het. Hij knikte en grijnsde alweer zo mooi. Zijn ogen glansden net zo prachtig als het late zonlicht om hen heen.

Op het schoolplein trof ze Rachida. Zij en Claudia haakten allebei in en met iets van spijt keek Isa achterom naar Jesse. Ze zou willen... Nee, dat kwam nog wel. De avond was nog maar net begonnen.

Met haar vriendinnen liep Isa de school in. De kantine was omgebouwd tot disco en de muziek knalde de boxen uit. Ka-doem ka-doem ka-doem. Boven hun hoofden weerkaatste een grote glitterbal het licht alle kanten op en Isa voelde zich opgenomen in een zee van licht en geluid. Ze zoog zich vol en voelde zich ineens zo groot! Er was een bijzonder jaar voorbij. Ze had het gered in de brugklas! Ze wist zeker dat ze over was en ze was verliefd op Jesse! En ineens wist ze dat Jesse ook op haar was. Mooie, grote, lieve Jesse... Al die keren dat hij naar haar keek... Al dat gegrijns op de fiets... Dat ze ineens niet meer wisten waarover ze konden praten... Isa wist het zeker: dit was hún avond. De vraag was alleen nog hoe. Het leven was begonnen en lachte haar toe. Isa kon het bijna niet omvatten, zo groot was het gevoel dat haar nu overspoelde.

Vanavond zou ze met hem dansen, maar eerst trokken haar vriendinnen haar mee de dansvloer op. De kriebels in haar lijf maakten dat ze wild en fanatiek bewoog. Ze keek steeds om zich heen, maar zag geen Jesse. Waar was hij nou? Wat deden de jongens? Zo veel waren er niet op de dansvloer, die vooral door meiden bevolkt werd.

Toen ze met elkaar op de hapjes afgingen, bleef Isa vanuit haar ooghoeken de kantine in spieden. Ze kletsten een tijd, maar ze had haar hoofd er niet echt bij. Jesse, Jesse, Jesse... dreunde het binnen in haar.

Dáár! Ineens zag ze hem. En ze voelde hem ook in haar maag en in haar buik. Wat een leuke jongen was hij toch! Ka-doem ka-doem ka-doem bonkte de muziek. Ka-doem ka-doem sloeg haar hart mee. Niet eens in de maat en steeds sneller toen ze zag dat Jesse haar kant op kwam. Nee, toch niet. Ja, wel!

Daar was Jesse. Nu stond hij voor haar. 'Dansen?'

Ja, natuurlijk, graag, het liefste van alles! Hier heb ik al die tijd op gewacht! Ik zou jou ook vragen, maar je bent me voor... Dat dacht Isa, maar ze zei niks. Haar stem deed het niet meer. Even was ze bang dat niets het meer deed. Alleen haar hart voelde ze tekeergaan: ka-doem, ka-doem. Maar haar benen zetten zich toch in beweging.

Had ze zich daar zo druk over gemaakt? Je liep op iemand af en je zei: 'Dansen?'

Ze dansten. Tegenover elkaar, tussen alle anderen in. Maar ze danste met Jesse, die grote en een beetje onhandige passen maakte, net niet helemaal op de maat. En steeds als hun blikken elkaar kruisten, grijnsde hij zo lief.

Ineens stopte de muziek. Nu al? Hun bewegingen staakten, maar hun ogen zochten elkaar. Doorgaan? Natuurlijk! Ze hadden geen woorden nodig, die waren te eng, te onzeker. Dit was oké, samen dansen. En het ging steeds soepeler, Isa zag dat Jesse haar na probeerde te doen. Goed, leuk, ze daagde hem een beetje uit. Ha, hij leerde snel. Hij werd ook steeds roder in zijn gezicht.

Dus na een paar nummers stelde hij voor iets te drinken te halen. En ze bleven als vanzelf samen. Hij ging niet naar zijn vrienden en zij ging niet terug naar Lisa, Rachida en Claudia, die wel van een afstand heftig stonden te gebaren. Ze deden hun best maar, zij bleef bij Jesse.

Ze haalden een colaatje en kletsten wat. Het ging nu wel lekkerder. Een beetje minder zenuwachtig, een beetje meer als vroeger. Want omgaan met Jesse was nieuw, maar toch ook vertrouwd.

Later dansten ze weer. En gingen ze opnieuw een colaatje halen. Zo brachten ze de rest van de avond door. Dansen, colaatje, dansen, colaatje. Maar sámen.

En toen ze net weer met een cola in hun handen aan de kant zaten, werd er langzame muziek gedraaid. Een paar jongens en meiden zochten elkaar op en begonnen te schuifelen. Isa voelde weer het ka-doem ka-doem van haar hartslag toen ze Jesse aan zijn mouw trok. 'Zullen we?'

Samen liepen ze tussen de anderen door. Isa wilde zich een

beetje verborgen houden voor de blikken van haar vriendinnen. Midden op de dansvloer draaide Jesse zich naar haar om. Op zijn gezicht was weer die lieve scheve grijns toen hij zijn armen om haar heen sloeg. Isa deed hetzelfde, maar dan legde ze haar handen op zijn schouders. In stilte lachte ze een beetje zenuwachtig, want hij was zo groot... Te groot voor haar, toch? Het zag er vast niet uit.

Maar zijn voorzichtige armen om haar heen voelden fijn aan en hij bewoog zo mooi langzaam en perfect op de maat dat ze dat alles vergat. Ze legde haar hoofd tegen zijn borst en danste met hem.

Natuurlijk fietsten ze naast elkaar terug. Niemand had er een opmerking over, alleen Claudia had driftig geknipoogd. Nou, daar trok ze zich dus niks van aan. Isa was druk aan het praten. Nu wist ze wel wat ze allemaal kon zeggen. Jesse kreeg nauwelijks de kans zelf ook dingen te vertellen. Veel te snel waren ze weer bij het tankstation. Hier moesten ze elk een kant op, want Jesse woonde aan de andere kant van het dorp. Na veel heen en weer roepen hadden de anderen afscheid genomen en sloegen ze ieder hun eigen weg in. Isa had er helemaal geen zin in dat de avond al voorbij was. Jesse had zeker ook geen haast, want hij treuzelde.

'Ik fiets nog even met je mee,' zei hij.

Drie straten, toen waren ze er.

'Hier woon ik,' zei Isa.

Jesse lachte. 'Dat weet ik, hoor.'

O stóm, natuurlijk wist hij dat. Isa voelde dat ze een kleur kreeg. Verliefd zijn was nog zo gemakkelijk niet. Of je weet niks te zeggen, óf je gaat ratelen, óf je zegt het verkeerde. Had ze het nou verknald?

'Het is ook zo anders dan vorig jaar,' probeerde ze uit te leggen. Maar nu zei ze weer het verkeerde. Anders dan vorig jaar? Anders dan alles altijd geweest was, bedoelde ze. Dit was zo spannend, zo nieuw! Pfff! Ze blies hoorbaar haar adem uit. Om hem daarna in te houden, want Jesse boog zich naar haar toe. Hij kwam heel dichtbij met zijn gezicht en drukte zomaar een kus op haar wang. Toen ging hij weer rechtop staan. Hij keek haar aan. Wilde hij zien hoe haar reactie was? Wat was hij lief! Isa probeerde dat in haar glimlach te laten zien, want ze wist dus echt niet wat ze nu moest zeggen. Ze hief haar hoofd, haar wangen gloeiend van verliefdheid. En weer boog hij zich naar haar toe. Isa ging op haar tenen staan en gaf een kusje terug.

Websites

www.ikon.nl/brugklas
Website over de televisieserie 'Naar de brugklas'.

www.naardebrugklas.kennisnet.nl
Website over de brugklas met praktische informatie en erva-
ringen van leerlingen.

www.hoeoverleefikdebrugklas.nl
Website over de brugklas met tips over hoe je alle veranderin-
gen het beste doorkomt.

www.scholieren.com
Website voor en door scholieren over huiswerk, werkstukken,
spiektips en de kantine.

www.huiswerk.nl
Website die alle huiswerkproblemen oplost.

www.b-zik.nl
Website voor scholieren, ouders en leerkrachten met info over
o.a. werkstukken maken, beroepen en de brugklas in het algemeen.

www.laks.nl
Het Laks is een organisatie van, voor en door scholieren in het
voortgezet onderwijs. Het Laks organiseert diverse activiteiten
voor scholieren en behartigt hun belangen.
Website over pesten, spijbelen, leerlingenstatuut en leerling-
bijdrage.

www.pestweb.nl
Website voor gepeste leerlingen en hun ouders en docenten.

Lees meer over Isa, Vera en Jesse!

Naar de brugklas

Het begint al met de Cito-toets, de spannende tijd waarin je je
voorbereidt op je nieuwe school. Hoe zal het straks gaan in de
brugklas? Hoe vind je je weg in die doolhof van gangen en lokalen? Zullen de oudere kinderen je niet pesten? En wordt er
nog wel getrakteerd met verjaardagen, of is dat juist stom? Jesse, Vera en Isa gaan het allemaal meemaken. Lees hoe zij zich
redden in de jungle van het voortgezet onderwijs, en doe daar
zelf je voordeel mee!

ISBN 90 216 1620 3